그 어떤 길을
가더라도

고산 시인들의 작품집

| 발간사 |

꿈꾸는
눈들을
들여다보며

고등학교만 근무하다가 고산중학교 교장으로 부임하던 날을 기억합니다. 많이 설레었습니다.

예상했던 대로, 아니 예상보다 더 순수한 눈망울들을 보았습니다. 한 마디로 형언하기 어려운, 순진함과 호기심과 건강함이 그대로 들여다보이는, 꿈꾸는 눈동자들. 가슴이 뛰었습니다.

1년을 지켜보았습니다. 33명의 우리 아이들은 정말 훌륭하게 성장하고 있습니다. 자라면서 자기의 느낌, 생각들을 시로 써내었습니다.

자구내의 바다, 차귀도, 수월봉, 당산봉, 지질공원, 멀리 보이는 백록담, 사람들, 아이들, 나무들, 집들……. 이런 것들이 순수한 눈동자에 비친 그대로 글을 썼습니다.

아이들의 시 하나하나 읽다 보면, 순수한 그 마음들이 시집 속을 마구 뛰어다니는 것을 볼 수 있습니다. 시집을 보기만 해도 꿈꾸는 우리 아이들을 느낄 수 있습니다.

2020학년도 우리 아이들 모두의 마음을 담아낸 시집 『그 어떤 길을 가더라도』의 발간을, 고산중학교 배움공동체와 함께 기쁜 마음을 담아 축하합니다.

정말 우리 아이들이 자랑스럽습니다.

2020. 12.

고산중학교장 **홍남호**

차례

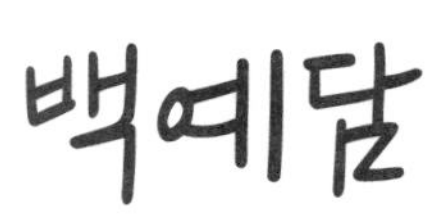

{ 3학년, 나도 시인 }

계획표 / 귤 / 기다림 / 김치 트라우마

내 고향을 소개합니다 / 남겨진 전복 하나

다이어트 / THE LOVE / 마라톤 / 뽀뽀 / 사랑

시험 보는 날 / 쓰레기가 인간에게 / CCTV

아빠 어깨 / 졸업 / 주름살 / 죽마고우

카멜레온 / 희망 사항

계획표

아침이 오면 마음을 굳게 다잡아
오늘 하루를 계획해
오늘은
오늘은 꼭

국어 인강 2개 듣기
영단어 40개 외우기
수학 문제집 5장 풀기

매번 그렇듯
오늘도 역시나
어느새 해는 저물어
나는 또 자책하지

내일은
내일은 꼭
동그라미 표시를 해야지

귤

아름다운 석양처럼
주황빛을 띠는 귤
맛깔나게 잘 익었구나

신맛, 단맛, 쓴맛
이 녀석의 다양한 매력에 홀려
내 앞엔 귤껍질만 무더기로 쌓여 있네.

어느새 내 손도 누렇게 물들었네

기다림

속이 안 좋아서 배가 아팠어.
아침에 먹은 우유가 문제였나.

시간이 얼마나 지났는지 모르겠어.
고독하게 쓸쓸히
홀로 앉아 있어.

언제쯤 올까.

김치 트라우마

예담아, 아-
입을 벌리니
착륙하는 제트기

어라?
분명 흰 쌀밥에 계란말이였는데
바늘로 혀를 쑤시는 듯한
불쾌하고 쓰린 이 빨간 맛은 뭐지

너무 놀란 나머지
나는 퉤 뱉어버리고 말았다

선생님은
기다란 자를 가져와
나를 매섭게 노려본다.
정말 무서웠다.

그때부터였다
김치만 보면 소름 끼친다.

내 고향을 소개합니다

이른 새벽부터 나와
악한 것들을 모조리 품어가는
청소부 할머니

매일 아침
안전한 등굣길을 만들어주는
지킴이 선생님

저 멀리
시끄럽게 떠들며 등교하는
내 친구들

고산에는
이런 사람들이 있지요

관광객이 많이 즐기는
드넓은 차귀도 바다
유네스코 세계지질공원인
신비로운 수월봉

고산에는
이런 아름다운 경관이 있지요

비록 인적이 드물고
덜 발달 된
한적한 시골 바다이지만

평화로운 이곳이
아늑한 이곳이
따듯한 이곳이

내 고향입니다.

남겨진 전복 하나

내 앞엔 할머니
내 옆엔 사촌오빠

한 식탁 위에
한 접시 위에
남겨진 전복은
단 한 개뿐

할머니의 젓가락이 움직인다.
빛처럼 순식간에
내 밥그릇을 지나쳐
사촌오빠 밥그릇에 도달한다.

순간 눈물이 벅차올랐지만
꾹 참아냈다.

나는 전복을 싫어하지만
그날은 전복이 먹고 싶었다.

다이어트

오늘부터 다이어트
그런데 치킨이 땡긴다.
띵동
치킨을 시켰다.

닭가슴살만 먹을 거니까 괜찮아
닭가슴살은 살 안 쪄
닭가슴살은 괜찮아
정말 괜찮겠지?

음 역시 치킨은 닭다리지.
날개야, 서운하다고?
알겠어, 너도 먹어줄게.

역시
다이어트는 내일부터지.
아자!

THE LOVE

전쟁의 서막은
낮에 먹은 불닭볶음면

꾸루룩 꾸룩
지금 내 뱃속에선 내전 중

절정의 순간
크나큰 사투를 벌이며
하아얀 물을
구린 빛으로 물들인다.

누런 물이 내려가야 전쟁이 끝날 텐데
더 많은 양으로 올라와서 나를 위협한다.
넘칠까 무서워 아빠를 부른다.

아빠는 숨 막히는 악취 속에서
뻥- 시원하게 전쟁을 끝낸다.

아빠의 사랑으로 나는
맑은 물을 다시 볼 수 있게 되었다.

마라톤

인생은 마라톤이라고 하지.

지금 내 나이 열여섯
백 세 시대라는데
이 마라톤을 완주할 수 있을까?

지금 고작 십 분의 일을 달려왔지만
체감 종착점에 도착 직전이다.
땀을 뻘뻘 흘리며 앞으로 나아간다.

힘겹게 뛰지 않아도 돼
조금은 쉬어가도 괜찮아.

뽀뽀

엄마는
진공청소기처럼 내 볼을 흡수하고
하루에도 수십 번을, 정말 많이 해.

아빠는
까끌까끌한 수염이 거슬리긴 하지만
나를 사랑스럽게 바라봐 줘.

언니는
안 해줘
안 해주지만 자주 안아줘.

엄마도 아빠도 언니도
모두 다르지만 좋아.

그런데
언제부터더라
너무 커버렸다, 지금은.

사랑

태양처럼 뜨거운 열기에
숨이 턱 막혀
잠에서 깨어났다.
쪄 죽을 뻔 했다.

방문을 나섰더니 보이는
화목 난로 속
수북이 쌓여 있는 재

아, 아빠였다.

내 방은
아빠의 따스한 온기로 가득 차
마음도 따스하다.

이제는 내가 안아야지, 아빠를.

시험 보는 날

째-깍 째-깍
멀쩡하던 시계가
째깍째깍 째깍째깍
고장이 났나

스윽 슥 스으윽 뚝
슥 스윽 뚝- 뚜두둑
오늘따라 자꾸만
부러져 고개를 떨구는 연필심

이상하게 자꾸만
축축해지는 답안지

모든 게 이상한 날
내 심장도 이상한 날

쓰레기가 인간에게

물 마실 땐
플라스틱 말고 개인 물병을

밥 먹을 땐
산더미처럼 쌓지 말고
딱 먹을 만큼만

옷 살 땐
한 번 입고 버릴 옷 말고
오래 입을 수 있는 정말 필요한 옷만

혼자일 땐 작지만
뭉치면 크기를 가늠할 수 없고
인간보다 훨씬 더
오래도록 살아, 나는.

그러니
나를 탄생시키지도
버리지도 마.

마지막 경고야.

CCTV

급식실에서 밥 먹는 네가 보여
친구들과 웃고 떠드는 네가 보여
교무실을 들어가는 네가 보여

왜 너만 보이는 걸까, 내 눈에는

내 머릿속이 온통 너로 가득 차
네가 보이나 봐.

아빠 어깨

아빠 어깨는 단단한 바위

언제부터였을까?
아빠가 바위를
들지 못하게 된 건

나를 지탱해주던 바위였는데
애써 무리했던 것일까?
아빠가 밉다.

이제는 내가 그 무거움을 덜어줘야지.

졸업

널널하게 맞춘 교복이었는데
지금은 꽉 끼어 맞지 않네.

번개처럼 순식간에
뇌리를 스쳐 지나가는
길고도 짧았던
중학교 3년의 추억.

비록 열한 명이지만
왁자지껄했던 친구들의 소리가
매일 지겹도록 들었던
선생님의 잔소리가
미치도록 지루했던
반복되는 일상이

이제는 그립다, 그 모든 것이.

주름살

시험 못 보면 하나 늘어나고
시험 잘 보면 쭈욱 펴지고

방이 더러우면 하나 또 늘어나고
방이 깨끗하면 하나 쭈욱 펴지고

말 안 들으면 다시 하나 늘어나고
말 잘 들으면 다시 하나 쭈욱 펴지는

아주 솔직한
아주 정직한
자글자글한 엄마 이마

지금 보니
이렇게나 많았었나
가슴이 아려온다.

죽마고우

5cm 키높이 신발을 신고
포근한 벚꽃 향기 풍기는
뽀얀 살빛의 너

여섯 살 때부터였나
바늘 가는 데 실 가듯
우리는 꼭 붙어 다녔지.

나는 너의 그림자
눈에 띄지는 않지만
항상 너와 함께해.

너와 계속 함께할 수 있도록
어둠이 찾아오지 않기를

카멜레온

너와 눈이 마주치면
떠오르는 태양처럼
붉어지는 내 두 볼

네가 슬퍼하면
장마철 비처럼
쏟아지는 내 두 눈

너와 같이 있을 땐
고무줄처럼 늘어나
환히 웃는 내 입

내 얼굴은 너만 보면 바뀌는
너만의 카멜레온

희망 사항

코로나19
코로나19

마스크 착용 필수
접촉 금지
외출 금지

지켜야 하는 건
왜 이리도 많은지.

나는 어항 속 물고기
숨이 턱 막히네.

답답한 마스크
보이는 거라곤
친구의 눈동자뿐

언제쯤 볼 수 있을까?
친구의 환한 미소를

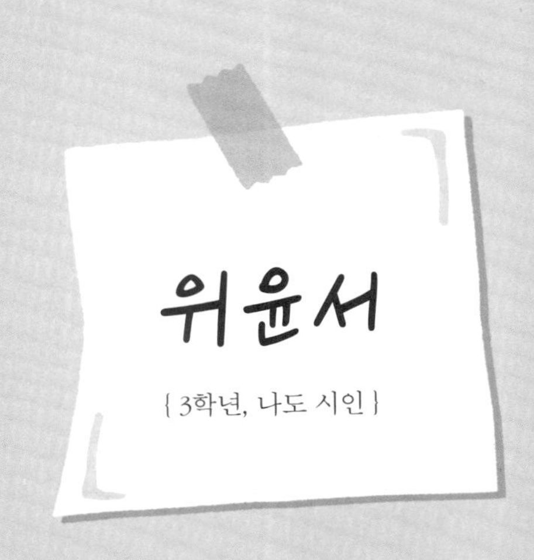

위윤서

{ 3학년, 나도 시인 }

가면무도회 / 거울 / 고산 / 내 마음 / 눈

다리도 양보할 수 있어 / 다이어트

마지막 시험이 끝나고 / 베짱이가 되고 싶어

벽돌 / 비요뜨 / 성냥 / 어느 날의 밤 / 엄마

일곱 시의 거리 / 1월 8일이 지나면 / 입

코로나19 / 크리스마스 트리 / 할머니의 손

가면무도회

오늘은 가면무도회
모두 가면을 쓰네

빨간 옷을 입은 사람도
파란 옷을 입은 사람도
모두 웃는 가면을 쓰네

가면 속 알 수 없는 얼굴들
궁금해서 끝나기만을 기다리는데

무도회가 끝나도
가면을 벗지 않네

가면무도회는 끝났는데
왜 가면을 벗지 않을까?

거울

네 앞에 서면
다 보여줘

구슬 같은 내 눈
발그레한 내 볼

네 앞에 서면
다 알 수 있어.

그런 너도
내 마음은
보여주지 않고
알 수도 없어

그럼 누가 내 마음을 알까?

고산

푸른 들도 있고
시원한 바다도 있는
아름다운 동네

함께 울고
함께 웃던
친구 같은 동네

15년을 함께 자란
이 동네를
나는 이제 떠난다.

얼마나 그리울까.
얼마나 오고 싶을까.

아직 떠나지도 않았는데
벌써 보고 싶다

내 마음

지금 창고로 들어가
15년 된 창고

들어가려고 하지도 않고
들어가고 싶지도 않아

너무 넓어
넓어서 갑갑해

물처럼 맑고 순수하던 곳
순백의 새가 살던 곳

하지만 이제는 궁금해

점점 하얀색이 되길 바라면서
점점 밝고 깨끗해지길 바라면서

지금 창고로 들어가

눈

나의 유리구슬
어여쁜 유리구슬

봄에는 분홍빛을 담고
여름에는 푸른빛을 담는다.

모든 것을 담는
나의 유리구슬

너만 담지 못했다.
아아, 너를 담고 싶어라

다리도 양보할 수 있어

띵동, 맛있는 소리
배달된 치킨 한 마리

상을 치우고
비닐 장갑을 낀다.

뭐 먹을래?
오빠가 묻는다.

오빠랑 너는 다리 먹어
나는 날개 먹을게.

우리 셋은 오늘도
도란도란 나눠 먹는다.

다이어트

체중계에 올라갔다가
내려와서 하는 말
아, 살 빼야지
오늘 마음을 먹는다

오늘이 지나
내일이 되고
모레가 되면
나는 매일 마음을 먹는다

자꾸 마음만 먹다보니
마음을 너무 먹었나?

체중계의 숫자가
시간과 무게의
우상향 곡선을 만드네

마지막 시험이 끝나고

오늘은 시험이 끝난 날

시험이 끝나면
시험만 끝나면

푸른 들판을 달리 듯이
시원하겠지
개그 프로그램 보다
더 즐겁겠지

행복한 상상을 하며
기다리던 오늘

시험이 끝났는데도
기쁘지도 행복하지도 않다

왜이러지?
꿈을 꾼 듯 믿겨지지 않고
마음이 뒤숭숭하다

베짱이가 되고 싶어

매일 딩가딩가 노는
베짱이야

놀고 싶을 때 놀고
먹고 싶을 때 먹고
자고 싶을 때 자는
네가 부럽다.

오늘도 학교 가고
내일도 학교 가고
매일 학교에 간다.

개미처럼 지내는
이 일상이 너무 지친다.

베짱이야,
네 여름이 부럽다.
소소한 행복을 아는
네가 부럽다.

벽돌

벽돌을 쌓아 올려
빨간 집을 짓기 위해서

지식을 쌓아 올려
꿈을 짓기 위해서

쌓다가 힘이 들면
잠깐 쉬어
다시 짓기 위해서

잠깐 쉰다고
집을 짓지 못하지는 않아

비요뜨

마트 냉장고 속
유치원 아이들처럼
나란히 줄을 서있네

빨강과 하양의
조화로운 옷을 입고
나의 시선을 사로잡아

어릴 때부터 보던
그 모습에 반가워서
얼른 바구니에 넣네

오늘은 한 개이지만
내일은 두 개 사 가야지.

성냥

성냥팔이 소녀의 성냥
따뜻한 난로와
화려한 만찬들을 보여주네

나의 성냥에 불이 붙이면
무엇을 볼 수 있을까?

내가 진정으로 원하는 것은
무엇이 있을까?

나도 한 번 성냥에
불을 피워 보고 싶어라

어느 날의 밤

평범하고 고요한
어느 날의 밤

눕기만 하면
잠이 오던 내가
잠이 오지 않는 밤

침대에 편히 누워
이불 덮고 불도 껐는데
잠이 오지 않는 밤

잠이 오지 않아
그저 멍하니
천장을 바라본다.

엄마

산을 닮은 사람

동물과 식물을 안고 있듯이
가족과 직원을 안고 있고

알록달록 다양한 색을 가지고 있듯이
다양한 감정을 가지고

쓰레기로 인해 아프듯이
사람들로 인해 아프고

산처럼 높고
산처럼 넓은

내가 사랑하는 사람
참 산을 닮으셨다.
엄마는 산

일곱 시의 거리

일곱 시를 알리는
시계 소리

롱패딩을 입고
이어폰을 끼고
밖으로 나간다

어두운 하늘
별들이 빛나면

거리는 무대가 되고
별들은 조명이 된다

일곱 시의 거리에서
노래에 맞춰
무대를 활보한다.

1월 8일이 지나면

1월 8일이 지나면

우리는 떠나가겠지
새가 둥지를 떠나듯이
고향을 떠나 새로운 곳으로

우리는 걸어가겠지
함께 걷던 푸른 길이 아닌
서로 다른 길을

오랜 친구를 기억하기를
우리 추억을 잊지 않기를
다시 만날 수 있기를

입

작은 돌멩이
누구나 갖고 있는 돌멩이

내가 갖고 있는 돌멩이는
작은 돌멩이

작은 돌멩이이지만
참으로 무겁다.

말을 담기에는
그럴 수밖에 없어서

말이라는 것이
무거운 것이여서

오늘도 더 무거워진다.

코로나19

어느 날
갑작스레 나타난 너

환절기 감기처럼
떠날 듯 떠나지 않고

슬며시 도둑처럼
나의 열여섯을 가져가네

그런 너는
얄밉게 살은 두고 가네

얼른 사라져서
다시는 만나지 않기를

크리스마스 트리

플라스틱 나무에
형형색색 조명을 달면
크리스마스 트리

플라스틱 나무에
빨간 양말을 달면
크리스마스 트리

정말 간단한 트리지만
그 트리가
웃음을 나눠주고
집을 환하게 밝혀주네

트리가 일상에
즐거움이 되어 주네

할머니의 손

쪼글쪼글한 그 손은
꽃보다 아름답고

일하는 그 손은
고추보다 맵고

음식 하는 그 손은
코끼리보다 크네

무엇보다 깊고
무엇보다 많은 것을 담고 있는
그 손은 바다

그 손은 우리 할머니 손
내가 가장 좋아하는 손

{ 3학년, 나도 시인 }

구름

네가 부러워

햇빛이 쨍한 날
그늘이 되어 주고,

더운 여름날
시원한 비를 내려주고,

텅 빈 하늘에
이쁜 그림이 되어 주고,

솜사탕 같은
예쁜 별명을 가진

네가 너무 부러워

김준면

사랑해 김준면

우리 언니의 책상 제일 위
떡하니 붙어있는 슬로건

사랑해 김준면

우리 언니가 덕질 영상을 보며
항상 꿰엑 지르는 소리

사랑해 김준면

우리 언니가 그의 용안을 보고
감탄 섞인 목소리로 내뱉은 말

사랑해 김준면

언니는 이 남자를 정말로 사랑하나 보다.

나를 위해

오늘 난 나를 위한
케이크를 만든다.

내가 좋아하는
딸기와 생크림을 사고
레시피도 편다.

노릇노릇 구워지는
케이크 냄새를 맡으면
기분이 좋아
살며시 입가에 웃음이 번진다.

사진도 찍고 자랑을 하고
케이크를 선물해준다, 나에게

나무

우리에게 없어서는
안 되는 너는

따스한 봄엔
분홍빛 꽃잎으로
두근거리는 설렘을 주고

무더운 여름엔
초록빛 잎으로
시원한 그늘을 주고

선선한 가을엔
울긋불긋한 단풍으로
은은한 감동을 주고

추운 겨울엔
장작이 되어
따뜻함이라는 선물을 준다.

드라마

내 인생은 무슨 장르일까?
사람들은 모두 한 편의 드라마를 찍는다.
누군 단편 드라마일 수도
누군 장편 드라마일 수도
그게 새드 엔딩일지, 해피엔딩일지
누군 스펙타클 하고
누군 잔잔한 파도 같고
누군가에겐 험난할 수도 있다.
이 드라마를 써 내려가기 위해
우리는 각자의 방식대로 줄거리를 짜고 연기를 한다.
하고 싶지 않은 역할일지라도
이 드라마를 순탄하게 성공적으로 끝내기 위해선
이 악물고 버틴다.
지금은 고되고 힘들지라도 참고 버티면
언젠간 좋은 결실을 거두는 날이 반드시 오겠지.
이 드라마가 해피엔딩으로 끝이 나겠지.
내 드라마가 명작이었으면 좋겠다.

보물

아침에는 알람처럼
야옹야옹 소리 내며
나를 깨워주고

집에 오면
자다가도 일어나 덜 깬 상태로
제일 먼저 반겨주고

밥을 먹을 때는
자기들도 달라며
옆에 앉아 쳐다보고

잠을 잘 때는
나에게 꼭 안겨서 자는

너희는 소중한 내 보물 1호

마루

마루야, 마루야
뭐하니?

세수한다.
무슨 세수
고양이 세수

다들 속으셨습니까?
예.
마루요.
우리 집 고양이요.

혹시 정말 대청마루?
이런 거 생각하셨는지?
이것이 정녕 시는 맞는 것인지?
나도 내가 무슨 말을 하는 건지?

하지만 저는 그렇게 배웠습니다.
시란
마음에서 우러나오는 대로 쓰는 것이라고

마루야, 마루야
너는 나의 의식인가 보다.
내 의식의 흐름이 너인가 보다.
나에게 너는 그런 존재인가 보다.

새치

어머나
내 머리에 이게 무어냐
새치?

새치 그까짓 거 멋으로 소화해 내지

요즘 아이돌도 흰 브릿지 하고 다니더만
난 자연이다, 이것들아.

하하
하하하
내 머리는 돈 주고 해도 따라 올 수 없지.

하하
하하하
어라
이 따뜻한 느낌은 뭐지.

툭.
어
웬 물이
내 눈에서 흘러나오네.

난 슬프지 않은데
왜 눈물이
흑

성형 중독

여자들이라면
한 번쯤은 고민해보려나

눈
코
입
얼굴형
모든 게 불만일 때가 온다.

성형수술
얼굴에 칼을 대고 하는 위험한 수술

그런데도 하고 싶은 욕구가 강해
위험한 걸 알면서도
하게 되는 것

한 곳을 하면 다른 곳도 하고 싶고,
한 번 하니 멈출 수 없어
자꾸만 칼을 데게 되는
중독성

애초에 시작조차 하지 말았어야 했나.
어쩌다 이렇게 된 걸까.
후회해도 이미 늦어버린 선택

삼겹살

우리나라의 기똥찬 자랑
나는 단연코 삼겹살이라 확신한다.

두툼하게 썰린 삼겹살 한 조각을
치이익
불판 위에 올리니
고소한 냄새가 진동하는구나.
입안은 벌써 침으로 워터 파크를 개장했다.

이 노릇노릇하게 구워져 가는 삼겹살 주위로
여러 가지 반찬들이 무릎을 꿇고 있다.
마치 신하들이 왕을 받들 듯.

난 명이나물과 깻잎을 택한다.
제일 낮은 권력에는 깻잎이 자리 잡고
그 위로 명이나물이 자리를 잡는다

왕은 이 위에 올라
쌈장이라는 왕관을 쓰고
범접할 수 없는 아우라를 뽐낸다.

그러니 어떤 누가 삼겹살을 얕볼 수 있겠는가.

소리

입으로는 많은 소리를 낼 수 있다.

냠냠 쩝쩝
밥 먹는 소리
꺼억꺼억
트림하는 소리
치카치카
양치하는 소리
아학아학
웃는 소리

입에서는 신기한 소리가 많이 나온다.

솔직함

동공은 거짓말을 하지 못한다.

거짓말을 할 땐
흔들리고

좋아하는 걸 생각할 땐
커지고

불이 켜졌을 땐
작아지고

불이 꺼졌을 땐
커진다.

어찌 보면 동공이
내 마음보다 솔직한 것 같다.

시

다른 이들이 시를 쓰네.
나도 시를 쓰네.

같은 시를 쓰고 있지만
남들과 다른 시를 쓰고 있지.

같지만 다른 우리

여드름

나의 광대에는 이미
여러 개가 자리잡혀 있는

헤어나고 싶어도
벗어나고 싶어도
지겹게 따라붙어 다니는 여드름

나의 얼굴에
허락도 없이
자리 잡고 사는
이 괘씸한 놈들은

짜도 짜도
나만 아플 뿐
사라질 생각을 안 한다.

여드름아.
좋은 말로 할 때
네가 벗어나는 게 좋을 거야.
마지막 경고라고 하지.

내가 쥐어짜서 아프게 만들어 버리기 전에
네 발로 스스로 먼저 나가기를
빈다.

오늘도

오늘도 나는 손을 물어뜯는다.
손톱과 살을 야무지게 뜯는다.
그렇게 내 손톱과 살이 사라졌다.

손아, 미안하다.
내가 오늘도 뜯어버렸네.

오늘도 내 손은 주르륵 눈물을 흘린다.

준비

몸에 핫팩을 붙이고
털이 많은 따뜻한 옷을 입고
털모자와 장갑을 쓴다.

얼굴과 목이 춥지 않게
목도리도 두르고
털이 많은 부츠도 신는다.

그리고 문을 열고 나간다.

난 오늘 너와 싸울 준비가 되었어.
싸우자, 눈아!

집에 가는 길

우리 집으로 가는 길은
두 가지가 있다.

봄엔
서쪽 길로는 벚나무를 보며
노래를 들으며 걷는데
동쪽 길로는 그냥 앞만 바라보고
노래를 들으며 걷고

여름엔
서쪽 길로는 푸른 나뭇잎이 핀
나무를 보며 많은 생각을 하며 걷는데
동쪽 길로는 더워서
빨리 집에 가서 목욕하고 싶다는
생각만 하며 걷고

가을, 겨울엔
서쪽 길은 춥고 바람도
많이 부는데 길이 꼬여 있어
짜증을 내면 걷지만
동쪽 길은 직진만 하며
집에 가까워지는 것을 보며
좋아하며 걷는다.

첫눈

올해 첫눈이 오면
그대가 오시려나.

임이 말한 첫눈 오는 날은
언제를 말씀하시는 것인가.

한 해 두 해 흘러가는데도
첫눈 오는 날 오시겠다는 임은
오지 않으시네.

임 기다리다 지쳐 잠든
우리 집 강아지도
송아지도
옆집 닭도

문밖 발걸음 소리가 들려오면
혹여나 임인가
헐레벌떡 마중 나가 보네.

그리운 임이여
보고 싶은 임이여
올해도 하염없이 첫눈 오기만을 기다립니다.

패딩

추울 땐 역시 패딩
바람 막아 주는 건 역시 패딩
보온 갑은 역시 패딩

패딩 없으면 어찌 사나.
길거리 나가 둘러보면
모든 사람이 너나 할 거 없이
롱 패딩 숏 패딩 패딩 조끼
패딩과 함께다

패딩은 그렇다.
이제 우리에게 없어선 안 될 핸드폰 같은 존재
없으면 불안하고 불편한 것
NOW 위 아 패딩 휴먼
예, 아

허세

요새 나에겐
최고의 흥밋거리가 생겼다.
그건 바로 언니의 썸 이야기

나에겐 결코 일어나지 않을 이야기
듣다 보면 옆구리가 왜 이리 시린지.
너무 시립다. 그러니 대학은 서울시립대나 가볼까.

참 재수 없는 우리 언니
누군 하고 싶어도 못 하는걸.
좋아해 주는 남자가 있는데도
부담된다는 멍청한 말이나 놓아댄다.

졸지에 난 고민 상담사
말만 번지르르한 상담사
내 신세가 참 웃프다.

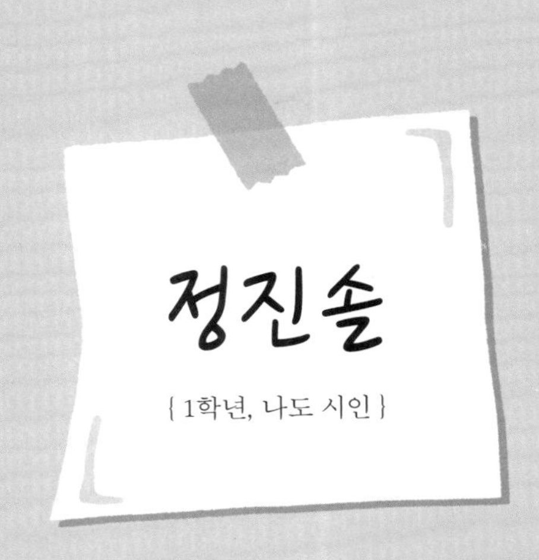

게임 / 굴러온 돌이 박힌 돌 빼낸다
그 어떤 길을 가더라도 / 기대 / 꽃의 세레나데
꿈을 실은 비행기 / 나는 / 마스크 / 물 / 발걸음
별 길 / 빗소리 합창 / 산타 / 소리 / 수학 시계
역경을 헤치고 별을 향해서 / 쪼롱이 / 책 / 커피
황혼을 지나

게임

하는 순간은 재밌다

어려워했던 것을 해냈을 때
미션을 성공했을 때
계속 지다가 이겼을 때

그때는
꽉 막힌 무언가가
풀리는 듯한 기분이 된다.

공략법을 찾고
연습하고
그렇게 노력하는 건

풀이 과정을 찾고
문제를 풀고
그렇게 노력하는 공부와 같은데

왜 이리 싫은 걸까,
그놈의 공부는

굴러온 돌이 박힌 돌 빼낸다

굴러온 돌이
박힌 돌
빼낸다고 해서

돌멩이 하나
데굴데굴
굴렀는데

탁!
소리 내면서
같이 박혔다

"굴러온 돌이
박힌 돌
빼낸다며?"

돌이 말했다
"굴러온 돌 중에서
못 빼는 돌도 있는 거야."

그 어떤 길을 가더라도

많고 많은 길들 중에
당신이 어떤 길을 가더라도
나는 막지 않습니다, 그 길을

어떤 선택이든 당신이라면
잘 될 거라고 응원합니다
잘할 거라고 응원합니다

어떤 길이든 나는 항상
등불처럼, 밝은 등불처럼
밝게 당신을 비춥니다

그 길이 행복하기를
푸른 하늘이 펼쳐지기를
아름다운 꽃이 피길 바랍니다

많고 많은 미래 중에
당신이 그 어느 미래를 가더라도
나는 응원합니다, 그 미래를

기대

잠에서 일어나
창밖을 볼 때
눈이 내리겠지, 생각하고

문을 열고서
밖으로 나갈 때
오늘도 즐겁겠지, 생각하고

점심을 먹으러
천천히 걸을 때
오늘도 맛있겠지, 생각하고

해가 기울어지고
집으로 갈 때
쪼롱이가 기다리겠지, 생각하고

이불을 펴고
누우려 할 때
따뜻하겠지, 생각하는

나는 기대하고 있다.
매일매일 모든 순간을
하나하나 상상하면서.

꽃의 세레나데

널 만나러 갈게.
봄이 오면

아름다운 모습으로
활짝 웃고 반겨줄게.

겨울은 추우니까
따뜻해지면 올게.

눈이 녹아 물이 되면
밖으로 나와 기다릴게.

늦더라도 기다려줘
예쁘게 꾸미고 나올게.

아름답게 피어
너를 기다릴게.

날 만나러 와줘.
봄이 오면

꿈을 실은 비행기

종이 위에
연필로 그린 꿈을
고이 접어
비행기로 만들자

접어 만든
비행기를 들고서
하늘 위로
멀리 멀리 날리자

내 꿈을 실은
종이비행기야,
저 멀리 날아가는
하나뿐인 내 꿈을
데리고서 멀리
저 멀리 날아 가줘

힘들어도 지쳐도
최대한 멀리멀리
보이지 않을 만큼
앞을 향해 날아 가줘

나는

달이다.
빛날 수 없는 달이다.
혼자서는 빛날 수 없는 달이다.

해가 없으면 허공에 떠도는 돌일 뿐인
별처럼 스스로 빛나지 못하는
그런 달이다.

시리우스, 베가, 알타이르
내게 알려주겠니? 빛나는 법을
저 멀리까지도 비추는 빛을 내는 법을.

달이다.
스스로 빛내는 법을 모르는 달이다.

나는 그런 달이다.

마스크

나를 가리는
좁고 작은 감옥,
덥고 답답한 가림막

가을이 지나고
겨울의 향이
세상에 퍼졌는데

좁고 작은 필터에 막혀
그 차갑지만 따스한
향조차 맡을 수 없다.

나는 계속 기다린다.
이것을 벗어던지고
이 겨울의 향을 느끼기를.

물

추운 곳에서
꽁꽁 얼면
얼음이 되고

더운 곳에서
팔팔 끓으면
수증기가 되고

넓은 곳에선
물고기들의
집이 되고

모인 곳에선
생명들에게
없어선 안 되는

물처럼
변하는 물처럼
필요에 따라 변하는 물처럼

필요에 따라 변하거나
원하는 대로 변하는
나는 그런 물이 되고 싶다.

발걸음

너무 급하지 않게
너무 빠르지 않게
걸어가는 속도로
안단테, 안단테

너무 느긋하지 않게
너무 느리지 않게
조금만 속도를 올려
안단티노, 안단티노

너무 빠르지 않게
하지만 느리지 않게
적당히 빠른 속도로
모데라토, 모데라토

너무 느리지 않게
너무 나른하지 않게
빠르고 경쾌한 속도로
비바체, 비바체

안단테, 안단티노
모데라토, 비바체

이제 조금 쉬어가자
발걸음을 멈추고.

별 길

이 어두운 세상에서 날 이끌어주는
저 어두운 하늘 속에 별 길을 그려주는

내 세상 속에서 가장 빛나는 일등성
당신은 내 여행길의 별자리

당신이 비춰준 별 길을 걸어가는
나는 빛나는 하늘 속 여행자

내 길에 별빛을 뿌려 줬던
내 하늘에서 빛나줬던

당신은 북두칠성
계절의 삼각형, 사각형

나도 되고 싶습니다, 당신의 별자리가.
나도 그리고 싶습니다, 당신의 별 길을.

빗소리 합창

하늘에 회색 구름이 드리우고
빗방울의 합창이 시작됩니다.

시작은 약하게 떨어지는
메조 피아노

점점 강해지는 빗소리는
크레센도

빗줄기에 고조되는 감정
메조 포르테

구름이 지나가 약해지는
데크레센도

작은 비 천천히 떨어지는
스타카토

막을 내립니다, 빗소리 합창
피네

산타

그런 건 이 세상에 없다는 말
항상 이맘때가 되면 들려오는 말

들을 때마다 생각했다,
그런 꿈 하나 꾸는 것도 못 하느냐고.
왜 그런 꿈조차 못 꾸는 세상이냐고.

그런데
항상 기대하며 밤을 기다리던 내가
어느 순간 기대하지 않게 되었을 때

그 세상에
꿈도 못 꾸는 세상에
커피보다 더 씁쓸한 꿈도 못 꾸는 세상에

나를 맞춰가기 시작한 듯한 기분이 들었다.

소리

가장 먼저
사라지고
잊혀서
들리지 않는다.

남을 때는
제일 오래
남아 있고

떠날 때는
제일 빨리
떠나간다.

저 멀리 떠나서
잊혀가는
그 소리를

기억하라는 듯이
오랫동안
남아 있다.

수학 시계

네가 가리키는
그것이 무엇인지
나는 알 수 없다.

내가 그 식을 풀고
답을 구하기 전엔

내가 구해낸
그 답이 맞는 건지
나는 알 수 없다.

내가 그 식을 다시
검산해 확인하기 전엔

그냥 답을 알려주면
나도 너도 편할 텐데
왜 굳이 문제를 내는 거야.

결국 지금은 몇 시니,
수학 시계야?

역경을 헤치고 별을 향해서

힘들어도 멈추지 않고
지쳐도 계속 달려가자.
나의 별을 향해서

장애물을 뛰어넘고
방해물을 피해 가자.
나의 목표를 향해서

만약 길이 막혀있다면
길을 개척하고 나아가자.
나의 꿈을 향해서

역경을 헤치고
별을 향해서
끝없이 나아가자.

앞을 가로막는 역경을 헤치고 별을 향해서
역경을 헤치고 별을 향해서
별을 향해서

쪼롱이

늦게 숙제를 끝내고 내려오면
자다가도 일어나 내게 오는 너

학교 다녀오면
후다닥 달려와 반겨주는 너

힘들고 지칠 때
쪼롱쪼롱 다가와 위로해주는 너

너의 쪼롱쪼롱한
그 발걸음이

너의 복슬복슬한
그 털이

너의 반짝반짝한
그 눈이

내 마음 속에서
작지만 큰 존재가 되었다.

쪼롱아,
너의 사소한 모든 게
내 안에서 점점 커져만 간다.

책

꼬박꼬박 사서
어딘가에 모았더니

쌓이고 싸여서
산이 되었다.

차곡차곡 모아서
책꽂이에 꽂았더니

모이고 모여서
소품이 되었다.

책아, 미안해.
언젠가는 다 읽어줄게.

커피

나에게 정말 씁쓸한 기억이었던
아이스 아메리카노

믹스 커피,
카라멜 마끼아또

분명 모두가 달다고 한 것도
나에겐 그냥 쓰기만 했다.

커피라는 그 미지의 공간에
나는 가지 못한다.

언젠가 그 쓸쓸함을
받아들이게 되면

그 맛을 이해할 수 있게 되면
어른이 될 수 있을까?

그럴 바엔 차라리
어린아이로 남고 싶다.

황혼을 지나

해가 들어갈 때
붉은색 잔광이
바다에 비쳐
윤슬이 되었다.

하늘이 붉어지고
해가 바다 속으로
점점 스며들어가는
황혼.

황혼을 지나
어둠이 찾아와도
분명 다음날에는
여명이 밝아 올 테니까

이 자리에서
빛이 먼저 비추는 이 자리에서
밝은 해의 빛이 먼저 비추는 이 자리에서
나는 여명을 기다린다.

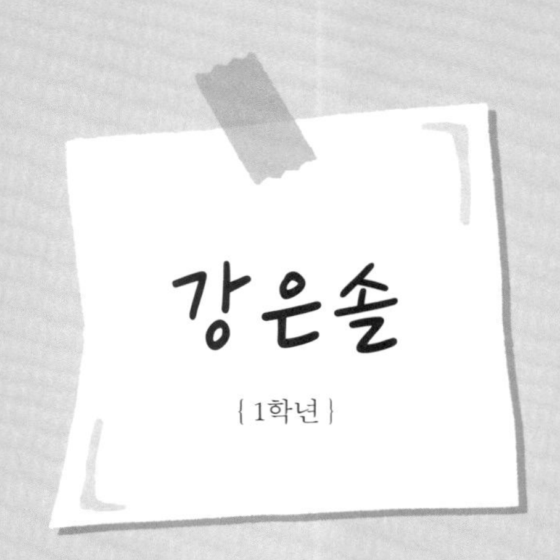

누구든지 기다려

돌

항상

누구든지 기다려

누구든지 기다려
봄
꽃잎이 흩날리고
새로운 학년이 되는
봄

동물들도 사람들도
기다려 누구든지

봄이 오면

모두
훌쩍훌쩍
키가 자라고

봄이 오면

벚꽃 축제도,
유채꽃 축제도
열린다.

누구든지 기다려

돌

어딜 가든 네가 있다

언제나 곁에서 지켜보고
내가 어딜 가든
먼저

와서 기다리고
바람보다도 먼저 온다.
저기를 봐도
여기를 봐도
네가 먼저 와있다.

회색빛 옷을 입고
가끔은 더 어두운 회색빛이거나

땅에서 구르다가
초가지붕 위에
오르기도 하고

어딜 가든 네가 있다.

항상

파도보다 더 크고
솜사탕보다 더 푹신한
구름

아침이든 밤이든
항상 구름은
사람들을 보면서
하늘과 함께
인사하고

항상 구름은
넓은 하늘에 있고,
시간이 지나
하늘의 색이 서서히 바뀌면

항상 구름도
하늘과 함께
색이 변하는 것만 같다.

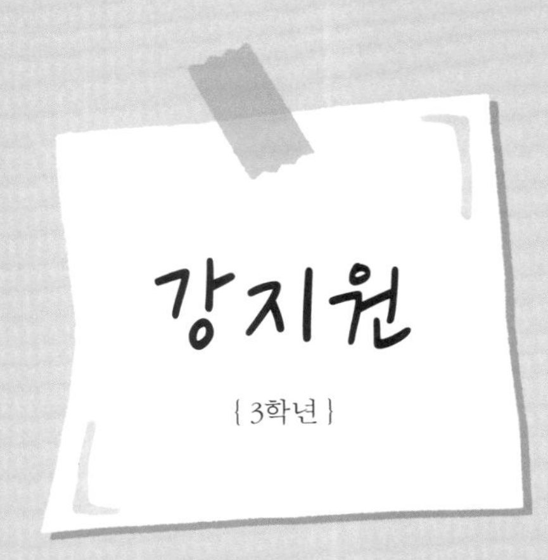

강지원

{ 3학년 }

겨울 / 내 마음은

되고 싶어 / 밤

색을 채우자 / 집에 가면서

겨울

평평
하얀 눈이 내려와
푸른 잔디 위에 쌓여간다.

눈이 가장 많이 내린 곳으로
눈사람을 만들러 나가자.

바위처럼 단단한 눈사람
아빠처럼 아주 큰 눈사람
엄마처럼 포근한 눈사람

다음에는 어떤 눈사람을 만들까.

또 눈이 내렸어.
눈사람 만들러 가자.

내 마음은

내 마음은 바다

바다가 물고기, 거북이, 조개를
품듯
내 마음도 기쁨, 아픔, 슬픔을
품는다.

여름에 바다가
따뜻하듯
내 마음도 가족이 있어
따뜻하고

겨울에 바다가
춥듯
내 마음도 혼자라
춥다.

내 마음은 바다.

되고 싶어

쇠기둥처럼 단단한 나무가 되고 싶어.
흔들리지 않는
단단한 우리 집 쇠기둥처럼

쇠기둥이 되지 못하는 난
쇠기둥을 동경해
쇠기둥을 닮은
커다란 나무가 되고 싶어.

바람이 거세도
흔들리지 않고
부러지지 않는
그런 나무가

밤

캄캄하고 차가운 밤길
어떤 아이가
걷고 있네, 이 밤길을

아이가 위태로워 보였을까?
아무도 모르게 빛을 비춰
가로등이 되어 주었네.

아이는 햇살처럼
미소 짓는데
그 미소를
계속 보고 싶구나!

색을 채우자

나에게 부족한 색들
빨간색은 용기와 열정
노란색은 희망과 순수
나를 채우자. 빨강, 노랑으로

나에게 넘치는 색들.
분홍색은 사랑과 애정
파란색은 공감과 반성
친구에게 나눠주자. 분홍, 파랑으로

시간이 지나
색들이 변하면
다시 채우자, 이 색들로

집에 가면서

집에 가면서
나는 본다 여러 가지를

정류장에서
버스를 기다리는 사람들
밭에서
일하는 농부들

솜뭉치 같은 토끼
주인 잃은 떠돌이 개

파란 지붕 체육관
빨간 지붕 교회

집으로 가면서
나는 본다.

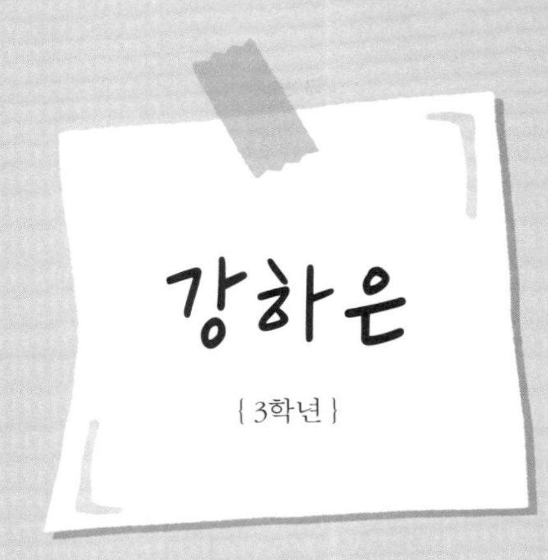

강하은

{ 3학년 }

가족 / 나무처럼

단짝 / 부러워

설경 / 추억

가족

주변은 안 치우면서 깔끔떠는 아빠
바닥에 떨어진 먼지 하나도 두고 보지 않는 깔끔쟁이 엄마
겉으로는 차가운 척해도 밥 한 끼도 굶으면 안 된다며 챙겨주시는 할아버지
시원시원한 성격처럼 보이지만 쌓여 있는 상처가 많은 할머니
누나가 부탁하면 싫다고 툴툴거리면서도 결국은 다 해 주는 동생
성격도 외모도 모두 아빠 판박이인 나

이렇게 여섯이 모여
여름날의 나무처럼 밝고
여느 평범한 가족처럼 서로를 아껴주는
활활 타오르는 불꽃처럼 사랑한다.

참 신기하다.
외모도 성격도 모두 다르지만
누구보다도 서로를 아끼며 살아간다는 것이

평생 같이 살면 안 될까.
평생 함께할 수는 없을까.

나무처럼

시간이 지날수록
더 깊이 더 높이
자라나는 나무는
내가 닮고 싶은 나무

새싹이 자라는 것처럼
성장하고 자라나는 그런 나무
그런 나무가 되어야지

초록빛의 순수함을 가진 나무처럼
나도 맑은 초록빛이 되어야지

뿌리가 깊게 뻗은 나무가
흔들리지 않듯이
나도 꿋꿋하게 나의 길을 걸어가야지
실패하고 넘어져도
묵묵히 걸어가야지
더 나아가야지
더 앞으로

단짝

나는 난쟁이
너는 키다리

나는 댄스 음악
너는 발라드

토끼 같은 나
거북이 같은 너

뜨거운 태양처럼 붉은빛을 띠는 나
잔잔한 바다의 푸른빛을 띠는 너

해가 질 때쯤이면
나의 붉은빛과 너의 푸른빛이 섞여
아름다운 광경을 만들어 낸다.

정반대인 우리, 함께일 때 더 아름다운 우리

부러워

빨간불아 난 네가 부러워
네가 켜지기만 하면
쌩쌩 달리던 차들이
모두 멈추고 가만히 있잖아

초록불아 넌 무섭지 않니?
제가 켜지기만 하면
빨간불에 가만히 있던 차들이
치타처럼 다시 쌩쌩 달리기 시작하잖아

초록불아
난 빨간불이 부러운데
넌 그렇지 않니?

설경

펑펑 눈이 옵니다.
우리 집 마당 귤나무에도 눈이 쌓였습니다.

쌓인 눈이 무거웠는지
귤나무 밑 쌓인 눈에는 귤들이 떨어져 있습니다.

우리 집 강아지 또순이는
떨어진 귤들을 한 입 먹기도 하고 밟기도 합니다.

또순이의 발자국은 주황빛으로 남고
먹다 남은 귤에서 주황빛 물이 흘러나와
쌓여 있는 눈에 물감처럼 스며듭니다.

하얀 눈으로 뒤덮인 동네에서
주황빛은 더욱 빛이 납니다.

추억

달콤한 쫀디기
쫀디기는 내 추억

가스 불에 쫀디기를 구워주시던 할아버지
엉엉 울다가도 쫀디기를 보면 울음을 뚝 그치던 나
숨겨둔 쫀디기를 먹고 있으면 자기도 떼쓰던 동생
쫀디기 그만 좀 먹으라고 잔소리하시던 엄마
옆에서 우리를 묵묵히 지켜보기만 하시던 아빠

가족들의 추억이 담긴 쫀디기

점점 잊혀져가는 주황빛의 쫀디기
나의 기억도 쫀디기처럼 잊혀져 간다.

잊고 싶지 않은 나의 추억 쫀디기

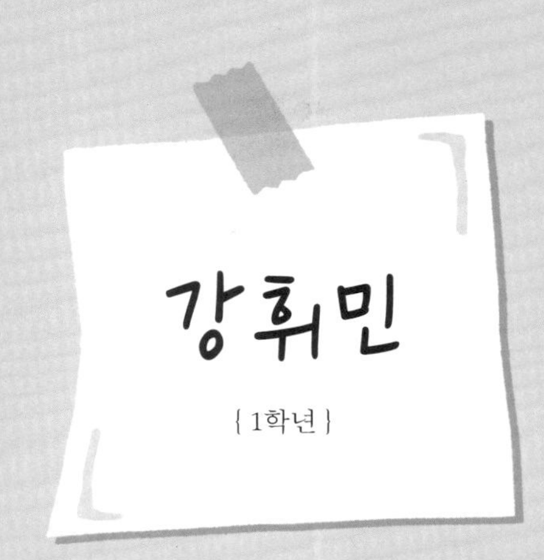

내 마음은 산

등대

별이 빛나는 밤

내 마음은 산

내 마음은 산
언제나 푸른 하늘
항상 맑은 공기

내 마음은 산
태풍이 불어도 버티는
나는 산

내 마음은 산
아직 작은 산이지만
한라산처럼 클
나는 산

등대

우뚝 서 있는
나는 등대
항상 같은 사리
같은 빛

집채 같은 파도
어두운 밤도 이기는
나는 등대

항상 밝은 빛으로 보여주고
땅으로 내려온
구름으로부터 안내해주는
나는 등대

별이 빛나는 밤

별이 빛나는 밤
항상 밤을 빛나게
항상 밤을 지키는 별

무대의 관객처럼
별을 빛나게
해주는 밤

밤과 별은 친구
밤을 지켜주는 별
별을 더 빛나게 하는 밤

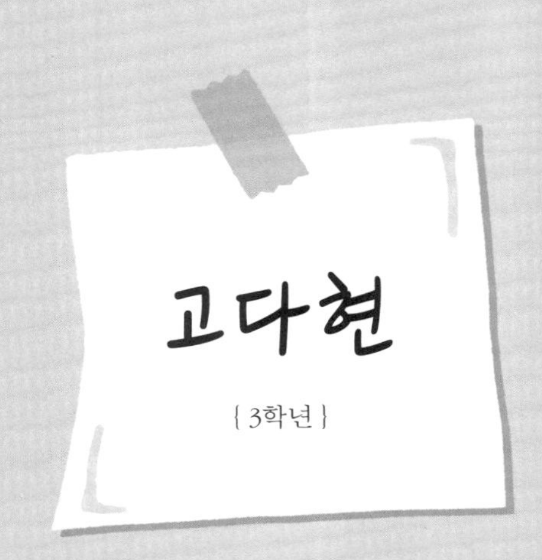

고다현

{ 3학년 }

도움 / 뚜벅뚜벅

마스크 / 청개구리

하늘 / 할머니

도움

봄이 되면 사람들은
나무를 심는다.
잘 자라기를 바라면서

여름이면
나무 그늘에서 쉰다.
그 여름은 시원하다.

가을이면
과일을 따 먹는다.
그 가을은 달콤하다.

겨울이면
장작을 땐다.
그 겨울은 따뜻하다.

언제나 자기를 주는 나무
나도 그렇게 될 순 없을까,
나무처럼

사람들에게 도움을 주는
나무가 될 순 없을까.

뚜벅뚜벅

지금 오르막길을 걷고 있다
너무 힘들다.
공부하는 것 같이 힘들다.

지금 돌길을 걷고 있다
길이 울퉁불퉁해 자꾸 삐끗한다.
어려움에 닥쳐 넘어지는 것 같다.

이런 길을 걸을 때
멈추고 싶다.

언젠가는 꽃길을 걷겠지.

오늘도 밝게 웃으며
뚜벅뚜벅 나의 길을 걷는다.

마스크

새로운 친구가 생겼다.
난 이 친구가 반갑지 않다

꽉 막힌 도로 같은 친구
나를 답답하게 한다.

언제 어디서부터
시작되었을까.

이 친구에게
벗어나려면

코로나19가 끝나야 하는데,
오늘도 나는

친구에게 벗어나지 못해
숨을 헉헉거린다.

청개구리

책을 잡아야 하는데
스마트폰을 잡는 손

연필 잡아야 하는데
컴퓨터 마우스를 잡는 손
초록빛 채소들을 잡아야 하는데
고기만 쏙쏙 잡는 손

내 생각과는
반대로 하는
청개구리 같은 손

우리 집에서 제일 말 안 듣는
동생 같은 손

하늘

오늘 아침에 일어나
너를 본다.
구름 끼고 흐리다.

내 마음도
구름 낀 흐린 마음인데
너도 그렇구나.

내 마음이
다시 맑아진다.
너도 따스하고 맑아졌구나.

너는 내 마음
나처럼 다시 맑아지는
너

할머니

바닷가에
홀로 서 있는
외로운 등대야

우리 할머니는
너처럼 외로워

네 마음을 알면
할머니의 마음을 알까?

할머니의 마음을 똑똑 두드려
그 속으로 들어가
할머니를 위로하고 싶어

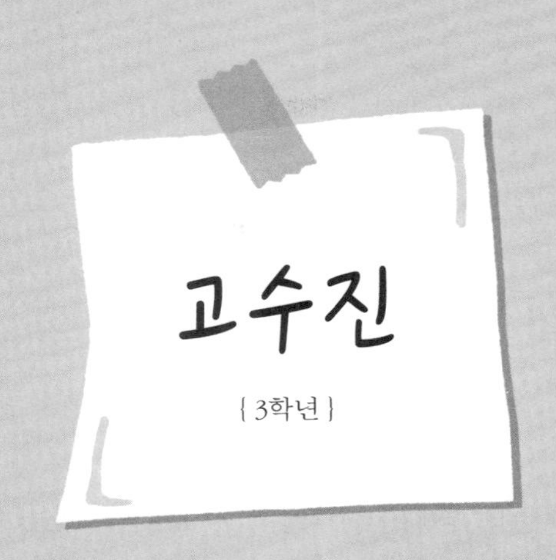

그리운 고향 / 내 친구

새겨졌다 / 정말 대단해

팥빙수

그리운 고향

언제나 늘 한결같은 곳
오랜 친구와도 같은 곳

생각만 해도 기분이 좋아지는 곳
돌아서기만 해도 뭉클해지는 곳

쉼터와도 같은 곳
지치고 힘들 때 위로해주는 곳

어릴 때부터 자라온 곳
친구들과 같이 놀던 곳

내 친구

바람은 소풍을 좋아하는 친구
언제나 한결같이 어디든지
소풍을 가

때로는 어린아이처럼 태풍으로 오고
겨울에 찬 바람으로 오기도 하지만
더운 날 시원한 바람으로 오고
배가 잘 나가도록 해 줘

바람은 언제나 소풍을 가
바람은 소풍을 좋아하는
내 친구

새겨졌다.

문득 짤랑거리는 풍경을
조용히 바라본다.

바람의 몸을 맡긴 듯 흔들리는
풍경을 바라본다

짤랑거리는 소리가
고요한 마음속에 울린다.
내 마음속에 넓게 울려펴진다.

계속 내 마음에 울려펴진다.
은은하게 울려펴진다.

은은하게 울린 소리는 내 마음속에 선명히 새겨졌다.

정말 대단해

높고 넓은 하늘
모든 것을 안고 있는 하늘
푸른 들판 같은 하늘

나도 하늘처럼
모든 것을 안을 수 있을까?

나도 하늘처럼
높고 넓은 마음을 가질 수 있을까?

하늘은 정말 대단해.

팥빙수

하얀 우유 눈이
소복소복 쌓인다.

쌓인 눈 위에
팥이 사르륵 쏟아진다.

팥 위에 과일들이
살짝 떨어진다.

그 위로 인절미가 떨어진다.
연유가 스르르 흘러내린다.

맛있게 잘 먹겠습니다.

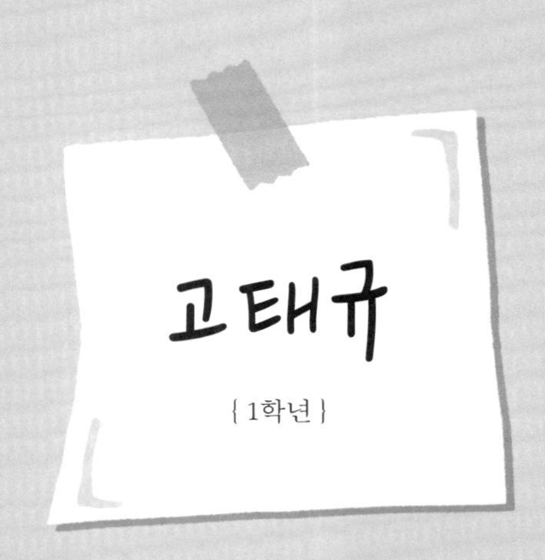

나무처럼

내 마음은 변덕쟁이

손은 손이다

나무처럼

비가 주룩주룩 내리고
눈이 펑펑 쏟아져도
자기 자리를 굳건히 지키는
나무처럼

꿈꾸던
꽃과 열매를 맺는
나무처럼

그늘을 주어
쉴 수 있게 해주는
나무처럼

그런 나무가
되고 싶어.

내 마음은 변덕쟁이

엄마한테 혼나서
기분이 안 좋아지고

친구들과 놀아서
기분이 좋아지고

야구가 이겨서
기분이 기뻐지고

넘어져서 다쳐
기분이 짜증나고

이런 내 마음은
변덕쟁이 같네.

손은 손이다

손이 없었으면
야구도 못하고
연필도 못 쓰고
젓가락, 숟가락도
못 쓰고
난 열 손가락으로
많은 걸 했네.

손이 없었으면
나는 이 많은 것을
못 했겠네.

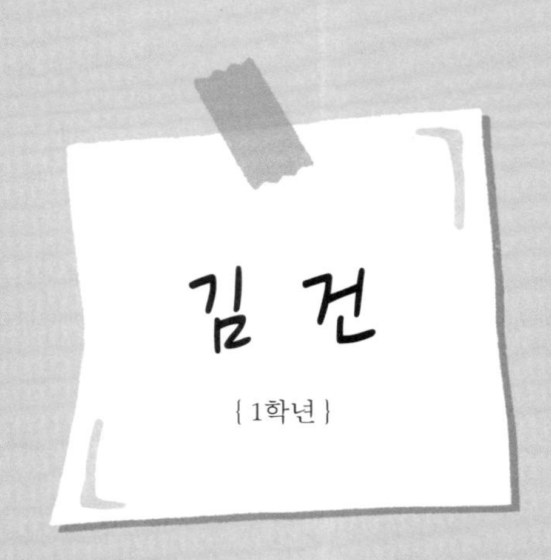

김 건

{ 1학년 }

굳건한 돌

맑은 하늘

굳건한 돌

돌은 굳건한 사람
사람에게 차여도
차에 밟혀도
부서지지 않고
버티는 돌은 굳건한 사람

돌은 굳건한 사람
오랜 시간 강한 바람
높은 파도에
무너지고 깎여가며
그 자리를 지키는 돌은
굳건한 사람

맑은 하늘

맑고 푸른 하늘
새들은 짹짹 지저귀고
바람은 날쌘돌이처럼 날아다니는
이런 맑은 날

맑고 푸른 하늘을 보면
나의 마음까지 시원해지는
이런 맑은 날

꽃 향기 가득하고
나비가 펄럭펄럭 날아다니는
이런 좋은 날

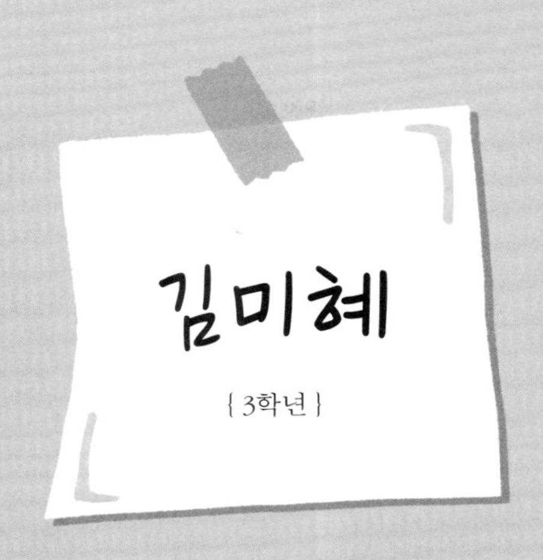

김미혜

{ 3학년 }

우리나라를 지나쳐가는 세계 / 나를 홀리는 냄새들 / 시간에 따라 다른 소리
육지로 가는 길 / 코로나19

우리나라를 지나쳐가는 세계

황사를 데리고 태풍처럼 오는 중국
돌고 또 돌고 토네이도처럼 오는 미국
대륙을 갔다가 바다를 갔던 비처럼 오는 영국
언젠간 서로 만나는 비와 햇빛처럼 오는 호주
길고 큰 땅덩어리를 지나는 구름처럼 오는 러시아
더운 날 하루 종일 쬐는 햇빛처럼 오는 가나

아무리 멀든 가깝든 세계는
한 번쯤 만나게 된다.

나를 홀리는 냄새

길을 걷다가 냄새에 홀린다.
문을 밀고 들어서면

설탕이 뿌려진 밧줄 모양 꽈배기
둥글고 조금 긴 모양 슈크림빵
둥글고 납작한 모양 소보로빵
구멍이 뚫린 동그란 모양 도넛
말랑말랑 동그라미 모양 찹쌀도넛

냄새와 생김새 때문에 또 산다.
먹을 때는 기분이 좋아지는 빵

꽈배기, 슈크림빵, 소보로빵, 도넛, 찹쌀도넛

그중 꽈배기가 최고

돌

주위에 보이는 현무암

구멍이 뽕뽕 뚫려있어.
시원해 보이지

구멍 안에 벌레가 있기도 하지.

에멘탈 치즈처럼도 보이고
스펀지처럼도 보이지.

작기도 하고 크기도 하고
가볍기도 하고 무겁기도 하고

동그란 구멍도 있고 네모난 구멍도 있는 현무암은

제주도에 많고 많지.

시간에 따라 다른 소리

일어나서 잘 때까지
우리 집에서 들리는 소리는

일어나서 들리는
TV 소리

준비하는 동안 들리는
지지직, 지퍼 올리는 소리

차 타고 가는 동안 들리는
덜컹, 방지턱 넘는 소리

집에 와서 들리는
들들들, 어항 돌아가는 소리

자려고 누우면 들리는
월월, 우리 집 마초 짖는 소리

시간에 따라 다른 신기한 소리들

육지로 가는 길

공항에 가서,
짐을 부치고 티켓을 받고,
비행기 가까이

뻥 뚫려있는 유리창으로 비행기와 관제탑을 본다.
내가 본 관제탑은 하늘을 찌를 만큼 높네.

살랑살랑 나비처럼 생긴 진에어
동글동글 태극 문양처럼 생긴 대한항공이
제일 많이 보이네.

나보다 먼저 들어가는 기장과 승무원을 봤다.
덕분에 오늘도
안전하게 간다.

코로나19

2019년부터 시작된
전쟁

TV를 보면
괴로워 끙끙 앓는 환자
목숨을 걸고 환자를 돌보는 간호사
하루에 수십 번 확진자들을 이송하는 구급대원
마스크를 쓰는 사람들

하루에 한 번씩 띠링 울리는
감염 예방 문자
확진자 발생 문자
확진자 동선 문자

코로나19와의 전쟁은 가시덩굴

이 전쟁에서 언제쯤 벗어날 수 있을까?

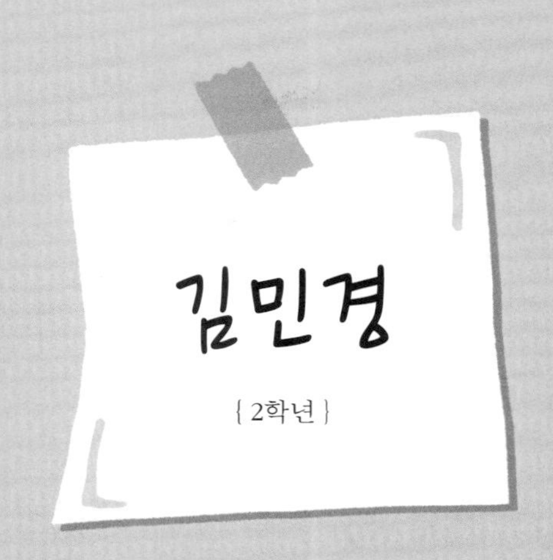

내 동생 / 등대

바다 / 바람

별 / 지선이

내 동생

항상 느릿느릿 걷고
내 말을 듣지 않는
제멋대로인
우리 집 달팽이

내가 찾으면
집으로 쏙 들어가고
네가 지나간 길
표시하고 다니는
우리 집 달팽이

그래도 가끔은
사탕처럼 달콤한
선물을 주고 가는
달팽이

등대

나는 아직 떠나지 못하고

비춘다.
네가 떠난
차가운 길을

행여 네가
돌아오지 못할까 봐.

이 자리에 앉아
하염없이 기다린다.

언젠간 나를
찾아오지 않을까?

바다

나에게 들려준
부드러운 파도의 노래

나에게 보여준
물에 비친
붉은 노을
맑은 하늘

나를 안아준
해처럼 따뜻한 마음

바다는 엄마

바람

정리된 나뭇잎을
집어던지는
너는 장난꾸러기

살랑살랑 오다
휙 하고 밀어내는
너는 장난꾸러기

여름에는 노을빛 공기
데려오고
겨울에는 푸른 공기
데려오는
너는 장난꾸러기

별

나만을 위한
따뜻한 반짝임

불꽃보다 밝게
태양보다 밝게
나만을 비추도록

네가 있는 그곳에선
어두워져도
빛이 사라져도

이곳에 빛이 사라질 때
그땐 말해줄게
너를 사랑했다고

지선이

어린아이처럼
신기한 것이 많다.

강아지처럼
사고를 많이 친다.

항상 엉뚱한
행동을 하지만

그래도
모닥불보다
따뜻한 마음을 가졌다.

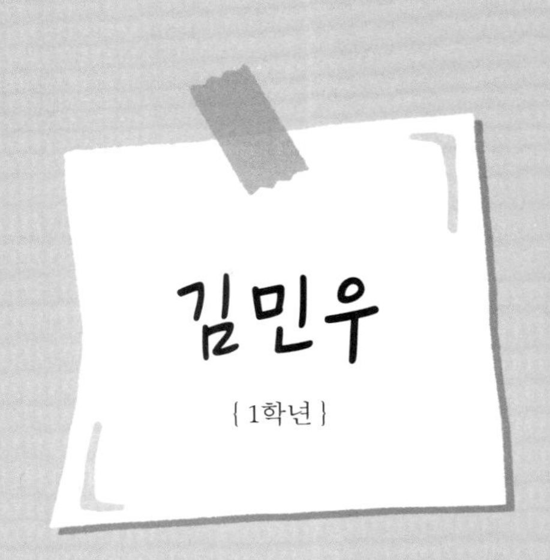

김민우

{ 1학년 }

바다는 인생

완벽한 나의 눈

학교 가는 길

바다는 인생

바다는 인생
큰 파도가 쳐서
힘들고 짜증 날 때도 있고

쓰레기에 맞아서
엉엉 울 때도 있고

천둥 번개가 치면
무서울 때도 있고

넓은 마음으로
모든 일을 받아들일 때도 있고

바다는 인생

완벽한 나의 눈

완벽한 나의 눈
못하는 게 뭘까?

먹는 거?
냄새 맡는 거?

그건 내가 하는 일이
아니야!

눈은
거의 모든 것을
볼 수 있어

풍경도 음식도
사람도 모든 걸 볼 수 있어

내 눈은 못하는 게
뭘까?

학교 가는 길

아침밥을 먹고
마스크와 책가방을 챙기고

가게들을 지나
횡단보도를 지나

맑은 하늘을 쳐다보며
땅을 밟고

친구를 만나고
벌레에게 말도 걸고

“학교에 도착”
했더니 지각이다.

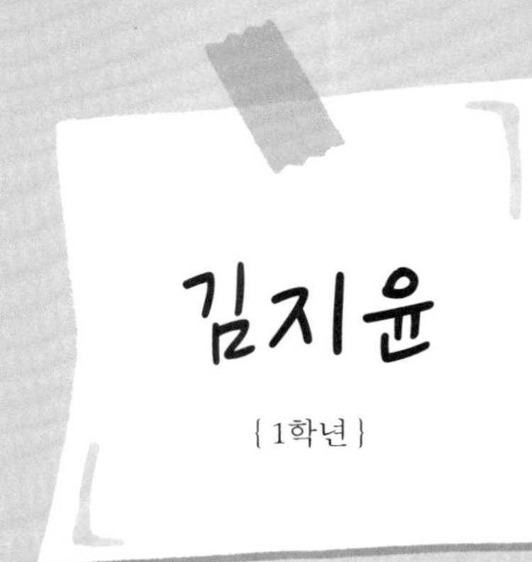

너랑 나랑 / 매미

시계 바늘 / 안녕

너랑 나랑

나는 구름
너는 해님
네가 나인 것처럼
내가 너인 것처럼
하기엔 너무 먼 걸까?

네가 보고 싶고
너랑 수다를 떨고 싶으면
너를 따라가고

너는 싫은지, 부끄러운지
도망가고 있구나.

서로 없으면
섭섭함이
가득 차고

그때 알았지
달라도 친구란 걸

올 때까지 기다릴게.

매미

7년 동안
묻혀 살면 뭐 하나.

7일 살고 죽는데

억울해,
울어도

누군간 듣겠지.

죽어도 더 울다
죽어야지.

매애앰
매애앰
한없이 가지.

시계 바늘

시계 바늘이
7에 멈춰 삐꾹 울리면
싫어도 눈뜰 시간

시계 바늘이
12에 멈춰 삐꾹 울리면
기다리던 배 채울 시간

시계 바늘이
11에 멈춰 삐꾹 울리면
포근히 눈 감을 시간

공전하는 지구처럼
정확한 시계 바늘

안녕

다람쥐 안녕
모두들 안녕
다 떠나네

어제는 저 친구
오늘은 이 친구
다 떠나네

사람한테
잡혀가
다 떠나네

숲속들 이제 안녕

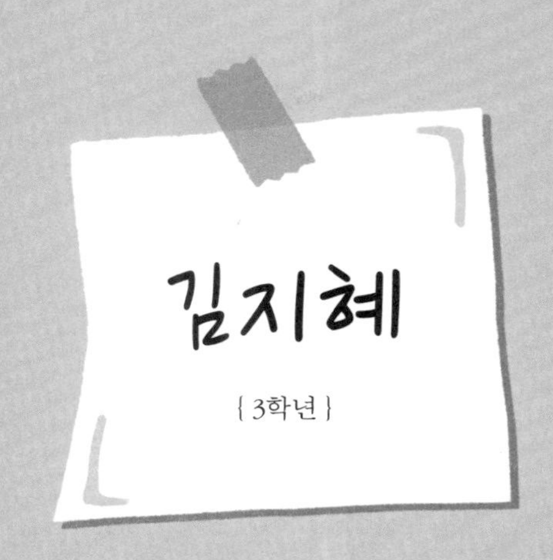

김지혜
{ 3학년 }

깜빡깜빡

초록엔 사람들이 지나가고
빨강엔 멈춰 서고

초록이면 하늘이 푸르고
빨강이면 어둡고

초록 불이 켜지면 여유롭고
빨강 불이 켜지면 다급하고

초록이 행복을 주고
빨강이 불행을 준다.

초록, 빨강
빨강, 초록

내 마음은 신호등

내 인생

내 발밑에는
평소와 다름없는 길

길을 걷기 시작한다.
흙만 있는 흙길

길을 걷기 시작한다.
돌이 있는 울퉁불퉁한 길을

일어서고 넘어지고
넘어지고 일어선다.

조금만 더 가면
화려한 꽃길이 있다.

길을 뛰기 시작한다.
알록달록한 꽃이 있는 꽃길을

계속 뛴다.
더 나은 미래를 위해

길 같은 내 인생
하염없이 걷고 뛰기를 반복한다.

사계절

벚꽃이 피는 따스한 봄
핑크빛으로 물들었다.
봄은 사랑의 계절

나뭇잎이 날리는 더운 여름
초록빛으로 물들었다.
여름은 우정의 계절

단풍잎이 떨어지는 쌀쌀한 가을
주황빛으로 물들었다.
가을은 이별의 계절

앙상한 나뭇가지만 있는 추운 겨울
하얀빛으로 물들었다.
겨울은 성찰의 계절

봄, 여름, 가을, 겨울은 나의 마음.

풍경

바람은
바다를 지나
짠 내음

바람은
산을 지나
풀 내음

바람은
하늘을 지나
푸른 내음

그 내음들이
어우러지면

한 장 사진 같은 풍경

하늘을 올려다보면

솜사탕 같은 구름이
둥실둥실 떠 있고

솜사탕 같은 구름이
달달해 보이고

솜사탕 같은 구름이
만지면 녹을 것 같고

솜사탕 같은 구름이
나를 따라오는 것 같다.

구름을 가져와
입 안 가득 채우고 싶다.

희생

엄마, 그곳은 너무 깊어요.
이제 더 이상 깊은 곳까지 가지 마세요.

아빠, 그곳은 너무 깊어요.
이제 더 이상 깊은 곳까지 가지 마세요.

엄마, 엄마를 찾을 수 없어요.
아빠, 아빠를 찾을 수 없어요.

어둡고 춥고 험하고 날카로운 곳
어두운 남극 같은 그 바다

더 이상 가지 마세요.
더 이상 갈 필요 없어요.

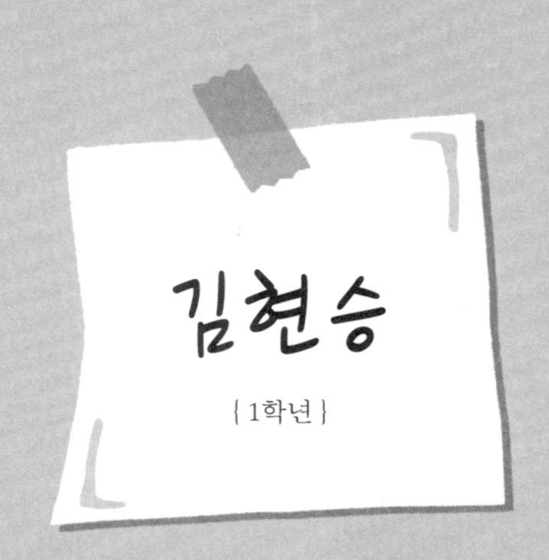

목욕탕

2월 12일

지금 내가 걷고 있는 인생의 길

목욕탕

탄산 온천을 갔다.
목욕탕 안으로 들어가면 따뜻한 공기가 나를 감싼다.

탕에 들어갈 거다.
냉탕은 차갑고, 열탕은 뜨겁다.
나한테 맞는 탕은 온탕이다.

온탕을 들어가자마자 넘치는 목욕탕 물을 보고
피로가 풀리고 개운함을 느낀다.

탕에 있으면 잠이 온다.
햇빛이 내리쬐는 바닷가에 누워 있는 상상을 한다.

다음은 탄산 온천이다.
탕에 들어가면
뽀글뽀글 올라와서 내 몸에 붙는 기포가 신기하다.

마지막으로 온탕 한 번 들어갔다 나오면 이제 나갈 거다.

2월 12일

내가 태어난 겨울
내가 태어난 2월 12일

응애응애 태어났더니 너무 추워
눈이 소복이 쌓여 눈싸움하고 싶네

나무에 앉아 쌓인 눈
자동차에 앉아 쌓인 눈
자전거에 앉아 쌓인 눈
만지고 싶어 나왔더니 너무 높아 못 만지네

어른들처럼 나중에 크면 꼭 만져봐야지
눈은 어떤 느낌일까

지금 내가 걷고 있는 인생의 길

인생의 길을 걷고 있다.
길 주변에는 꽃이 있다.
꽃처럼 예쁘게 자라길 바란다.

옆에는 친구가 있다.
친구가 있어 더 편하게 걷는다.

옆에는 도와주시고 가르쳐주시는
부모님과 선생님이 있으시다.

이 길도 응원해 주고 있다.
하지만 길에도 걸림돌이 있다.

우리는 걸림돌을 피해서 나아간다.

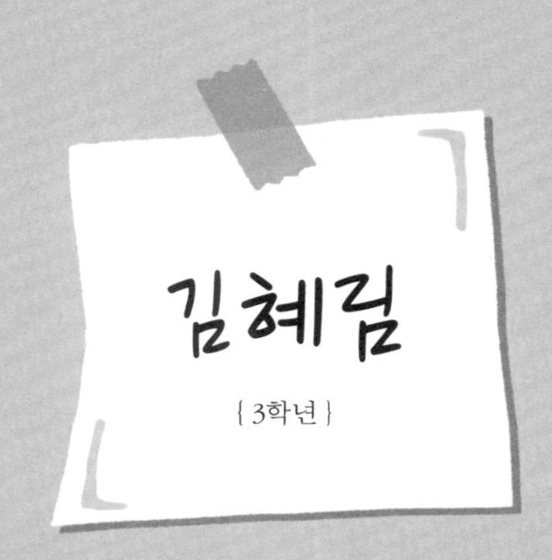

바이러스 / 삼각형

집으로 가는 길 / 추억

희망 사항

바이러스

우한에서 달려온 코로나19
아직도 멈추지 않고 우리에게 달려오네
힘들지도 않은지 마라토너처럼 한 번도 쉬지 않고 달려오네

코로나19 무서워 마스크 끼고 도망치네
도망쳐도 쫓아오는 코로나19 때문에 숨도 제대로 못 쉬고

코로나19 때문에 의료진도 힘들고
외출 못해서 힘들고
코로나19가 전 세계 힘들게 하고 있네
코로나19 끝나려면 언제까지 기다려야 하나.

삼각형

삼각형처럼 생긴 산
맑은 공기 가득한 산
나무가 많은 산

산에서 운 좋으면 볼 수 있는 사슴
운 안 좋으면 볼 수 있는 뱀
뱀은 싫지만 맑은 공기가 좋아 매일 가고 싶은 산

노을 지는 모습, 안개 낀 모습,
비 오는 모습, 햇빛 쨍쨍한 모습
보고 싶어 매일 가고 싶은 산
내가 좋아하는 것들이 많아 매일 가고 싶은 산

집으로 가는 길

군고구마 두 개를 사고
집으로 가는 길

하루 종일 피곤했던 내 발도
하루 종일 피곤했던 내 눈도
하루 종일 피곤했던 내 귀도

손으로 전해지는 따뜻한 온기에
피곤했던 내 몸과 마음이
모두 스르륵 녹아내리고
나의 입꼬리는 언제 그랬냐는 듯이 춤을 추고 있네.

추억

나의 추억 따뜻하게
간직해 주었던 보온병

민들레차는 친구들과 놀던 학교에서의 추억
녹차는 가족들과 놀러 간 펜션에서의 추억
보리차는 오랜만에 놀러 간 할머니 집에서의 추억
매실차는 체했을 때 엄마가 손 따주던 추억

좋은 추억들 그리고 기억하고 싶은 추억들
따뜻한 보온병에 담긴 나의 추억들인 양
내 기억에도 항상 따뜻하게 남아 있는
소중한 나의 추억들

희망 사항

내가 로봇이라면
세 가지의 버튼이 있는 로봇이라면

빨간 버튼, 하얀 버튼, 검정 버튼으로
내 모든 것을 바꿔 버릴 텐데.

빨간 버튼으로는 내 성적을 바꾸고
하얀 버튼으로는 내 키를 바꾸고
검은 버튼으로는 내 성격을 바꿔 버릴 텐데.

얼마나 좋을까 그렇게만 된다면
하지만 나는 로봇같이 될 수도 없을 테고
로봇일 수도 없을 텐데.

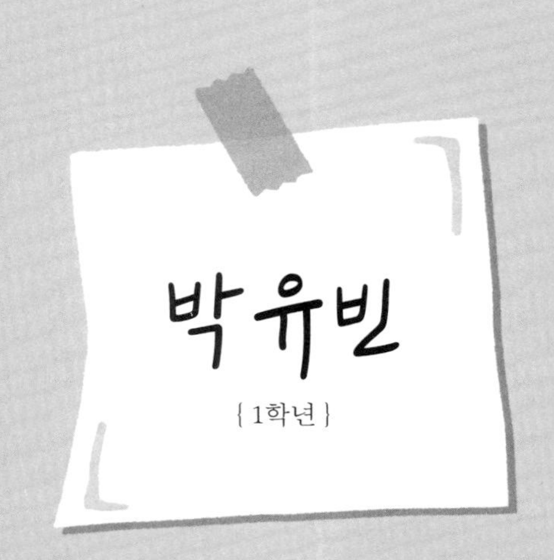

미래의 골목
사흘만 볼 수 있다면

미래의 골목

미래의 골목은 어디에 어디에
지금 골목과 같은가 다른가
아마 미래의 골목은 아름다운 골목과 비슷할 거야
지금보다 좋은 골목일 거야
나도 지금 미래 골목처럼
더 나은 사람이 될 거야
미래의 골목이 열심히 열심히 하면
나도 같이 열심히 열심히 노력해서
내가 미래의 골목을 도와줘서
사람들이 많이 지나는 아름다운
골목이 되게 도와줄 거야
그럼 나도 좋은 사람이 되었을 거야
지금부터 차근차근 시작하면
미래의 골목, 나는 아주 유명해질 거야

사흘만 볼 수 있다면

나는
나는
사흘만 볼 수 있다면

첫 번째로는
우리 가족과 친구들을 같이 보고 싶어.

두 번째로는
가족과 같은 우리 학교 선생님들을 보고 싶어.

세 번째로는
아름다운 바다의 풍경을 보고 싶어.

사흘만 본다면
사흘만 본다면

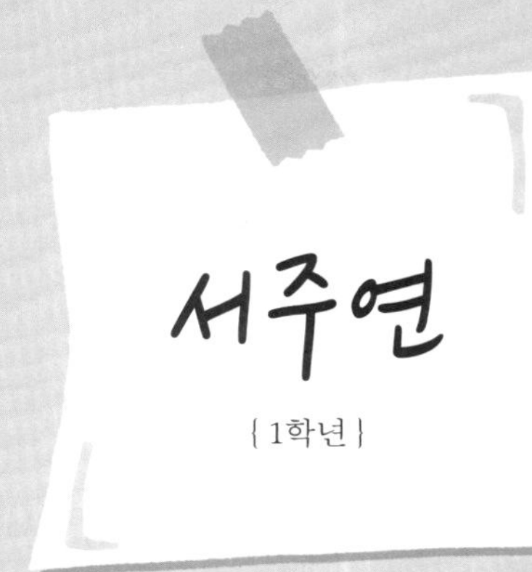

내 친구

반짝반짝

해수욕장

내 친구

밥 달라고 멍멍
놀아달라고 월월
오늘도 나를 부르네.

좋다고 흔들흔들
싫다고 축 쳐져서
내 기분 알아달라는 꼬리

더워서 헥헥
산책 가자고 콩콩
귀여운 내 친구 강아지

반짝반짝

빛난다.
아름답다.
저 별은

뛰어간다.
내려간다.
저 별똥별은

반짝반짝
싱글벙글
예쁜 별

해수욕장

모래가 사각사각
파도가 찰싹찰싹
튜브가 둥실둥실
오늘도 해수욕장에 왔다.

사람들이 뛰어간다.
나도 뛰어간다.
파도 만나러

어푸어푸 수영하고
파도와 하이파이브 하고
오늘도 재밌는 해수욕장

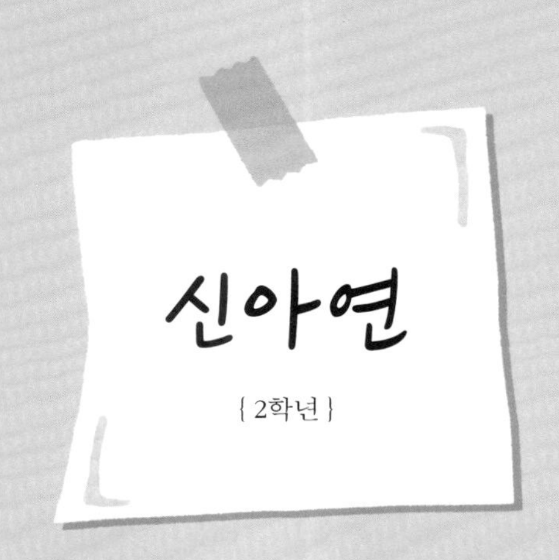

신아연

{ 2학년 }

눈 장난 / 돌고래의 하루

빵 바보 / 손버릇

송미 / 첫 느낌

눈 장난

가을은 지나가고
추운 겨울이 왔다.

단풍잎은 온데간데없이 사라지고
솜뭉치처럼
가볍고 새하얀 눈으로 가득 찼다.

머리 위에서
크고 작은 눈송이들이
송이송이 내리고

어린아이들은
눈송이들로 가득 찬
길바닥에
발 도장 찍기 바쁘다.

돌고래의 하루

넓고 푸른 바다
돌고래들
무리 지어 헤엄친다.

첨벙첨벙 물 위로
점프도 하고

미역을 몸에 두르며
장난도 치고

끼이이이 노래를 부르며
돌고래들
즐거운 하루를 시작한다.

빵 바보

빵집에 들어서면
고소한 빵 냄새가 풍긴다.

부드럽고 하얀 양처럼
폭신폭신한 우유식빵

바삭바삭하고 달달한
마늘빵

달콤하고 촉촉한
커피빵

침이 꼴깍꼴깍 넘어간다.

손버릇

오늘도 어김없이 들려온다.

탁 탁 탁 탁

TV를 볼 때도
공부할 때도
누워 있을 때도

탁 탁 탁 탁

마치 단 음식을 먹는 것처럼
자꾸 입술에 손이 간다.

송미

콜라처럼
톡 쏘는 친구

비타500처럼
옆에 두면 힘이 나는 친구

초코우유보다도 더 당기는
매력을 가진 친구

같이 지내다 보면
여러 음료를 마시는 기분

내일은 어떤 음료일까.

첫 느낌

너를 처음 만났을 때
처음 길렀던 애와 많이 닮아 놀랐어.

턱시도를 입은 것처럼
까맣고 부드러운 털

푸른 구슬처럼
파랗고 동그란 눈

딸기우유보다도 밝은
핑크색 발바닥

그 전 애한테 못 해준 것들이 떠올라
너를 사랑하고
함께 놀아주기로 다짐했어.

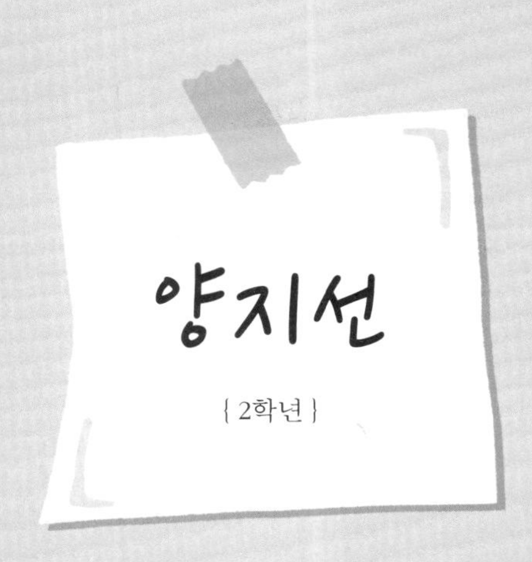

양지선

{ 2학년 }

강아지 / 고양이

나는 나무 / 우리 언니는

우리 엄마는 / 친구들

강아지

언니가 부른다고
쫄래쫄래 달려가는
바보

언니한테
사랑받는
바보

복순이처럼
나에게
오지 않는
바보

검은색
몸뚱이를 가진
바보

꼬리를
살랑살랑 흔들며 다니는
바보

고양이

작고 귀여운 너

똘망똘망한 푸른 눈으로
날 보며 반겨주었지

침대에 누우면
배 위에 올라와
젤리 같은 발바닥으로
꾹꾹 누르고

밥을 달라고 냐옹 하며
부르기도 하며
부드러운 털을 가진

작고 귀여운 너

나는 나무

나는 나무
운동장 가에 혼자 서있는
나무

벌레가 갉아먹어 아파도
항상 그 자리에
외롭게 남아 있는
나무

바람이
친구처럼 다가와 흔들고

새로 찾아와
짹짹 노래를 들려주는

나는 나무

우리 언니는

키는 작지만
포근한 사람

엄마처럼
따뜻하게
안아주는 사람

아빠처럼
무섭지만
착한 사람

오빠보다 더
나를 아껴주는
고마운 사람

우리 엄마는

우리 엄마는 바다
마음이 넓어
나를 항상 배려해주지

우리 엄마는 이불
포근하게 안아주지

우리 엄마는 꽃
해바라기처럼 활짝 웃지

우리 엄마는 번개
화나시면 엄청 무섭지

우리 엄마는

친구들

강아지처럼
똘망똘망

작은 고양이처럼
사납기도

잔잔한 파도처럼
차분하기도

푸들처럼
똑똑하고

모아이 석상처럼
꿋꿋하게
서 있네

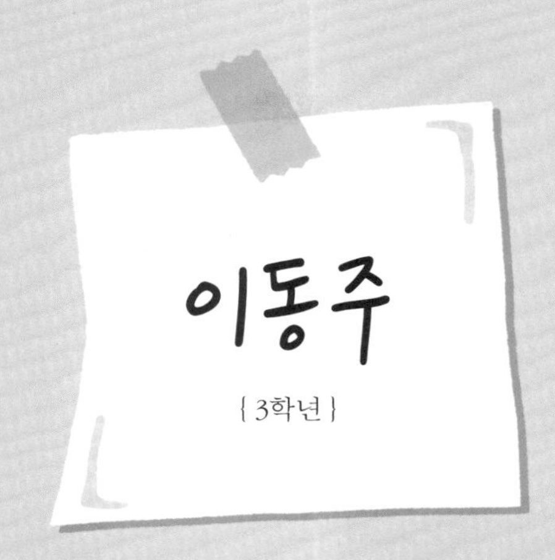

단단한 것 / 밤

장님 / 좋다

증조할머니 / 해녀

단단한 것

단단한 돌

태풍이 와서
나무가 꺾여도

그대로인 돌

돌은 영원히 그대로일까?

아니지 아니지

단단한 돌도
물과 바람에 의해 조각품이 되고

우리 마음도
돌처럼 단단하다고 생각하지만

말에 의해
조각품이 된다.

밤

가장 행복한 시간

배도 불고 여유롭다.
생각이 가장 많아진다.

온전히 내 시간

잠을 자든, 휴대폰을 하든
산책을 하든, 영화를 보든

아무도 뭐라 하지 않는다.

이불을 덮고 누워서
양을 세다 보면

어느새 아침이 되어 있다.

장님

눈을 뜨고 널 찾아본다.

다른 것들은 다 보이는데
너는 보이지 않는다.

눈을 비비고 다시 떠봐도
미친 사람처럼 너만 찾아봐도
너를 보려고만 하면 눈앞이 뿌예진다.

귓가엔 아직도 너의 멍멍 소리가 맴도는데
나에게만 들리나 보다.

둘이 걷던 거리도 이젠 혼자다.
모두 평소와 같은데
너만 보이지 않는다.

차라리 다 보이지 않고
너만 보였으면 좋겠다.

좋다

나는 겨울 냄새가 좋다.

겨울에 나는 차가운 냄새
노릇노릇 구워지는 군고구마 냄새
새콤달콤한 귤의 냄새
달달한 붕어빵 냄새
따뜻한 호떡 냄새
뜨끈한 어묵탕 냄새
얼큰한 찌개 냄새

내가 이 냄새들을 좋아해서
겨울을 좋아하는 건가?
나는 겨울에 나는 냄새가 좋다.

증조할머니

엄마의 할머니
처음 보았다.

나이가 너무 많아
침대에서만 누워 있었다.

갈라진 땅처럼
주름이 자글자글하던 손

처음 봤는데 왠지 모르게
눈물이 핑 돌았다.

그래서 연신 손만 주물러 드렸다.
손에선 익숙한 엄마의 냄새가 났다.

이젠 집으로 돌아갈 시간
다음에 또 보자는 엄마의 목소리에
떨림이 느껴졌다.
엄마도 알았겠지, 시간이 얼마 않았다는 것을

해녀

바다에 나가 물질을 하는
우리 할머니

전복도 잡고
해삼도 잡고
성게도 잡고
못 잡는 게 없다.

할머니는 돌고래

땅에선 사람
바다에선 돌고래

돌고래처럼 헤엄치는
할머니의 고향

푸른 바다

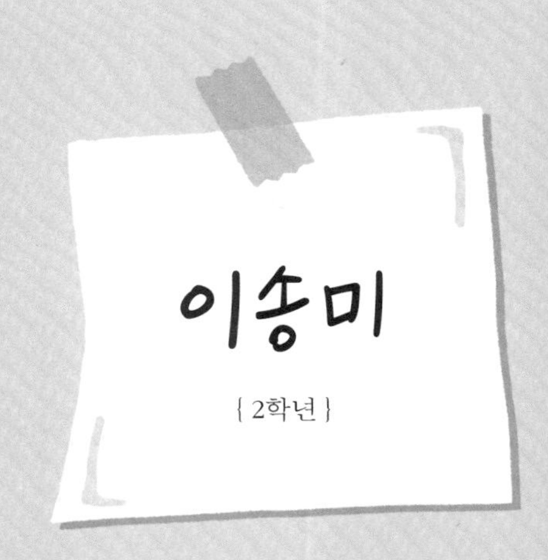

구름 / 당 나라

라벤더 / 보인다는 게

아침 / 지선

구름

몽실몽실
마시멜로우처럼
하얀 구름

다양한 모양들이
퍼즐처럼 어우러진
하얀 구름

푸른 하늘 아래
나비 구름
둥실둥실

비행기 아래
오리 구름
둥실둥실

당 나라

달콤함이 가득한 이 세상
다양한 모양으로 어우러진 이 세상

다이어트는 내일로 미루고
시험 올백이라도 맞은 듯 들뜬 마음으로

사탕보다도 초콜릿이 더 달콤하고
과자보다도 아이스크림이 더 맛있고

맛있게 먹으면 영 칼로리
아무것도 신경 쓰지 않고
들뜬 마음으로

발은 동동동동
손은 벌벌벌벌
심장은 쿵쾅쿵쾅

누구나 부러울 만한 이 세상

라벤더

오늘 엄마처럼 예쁜
꽃을 찾았어.

향기도 좋아서
나비에게도 벌에게도 좋아
인기가 좋아.

꽃이 이쁘게 웃고 있다.

엄마를 닮은 꽃
시들지 않았으면 좋겠다.

보인다는 게

보이는 것들은 한계가 있어.
수평선과 지평선처럼 끝이 있어.

하얀 강아지는 신이 난 듯
꼬리를 살랑살랑

푸른 새싹은 기분이 좋은 듯
잎을 살랑살랑

신은 왜 마음의 한계를 만들었을까.
의문점이 걸어온다.

아침

활활 타오르는 태양
태양은 일어나고

파릇파릇한 새싹은
올라오네

어디서 '꼬끼오' 우렁찬
수탉 울음소리가 들려오네

콩콩콩콩 걸어오는 발자국 소리
주걱을 든 엄마가 깨우러 오셨네

희망찬 하루가 시작되었지.

지선

동글동글
백설공주처럼
큰 눈을 가진 내 친구

센스 만점
유머 감각 만점

하얀 피부
청순하고 귀엽지만
약간 다른 구석도 있는
반전 매력

지금까지 보고 또 보았지만
색다른 내 친구

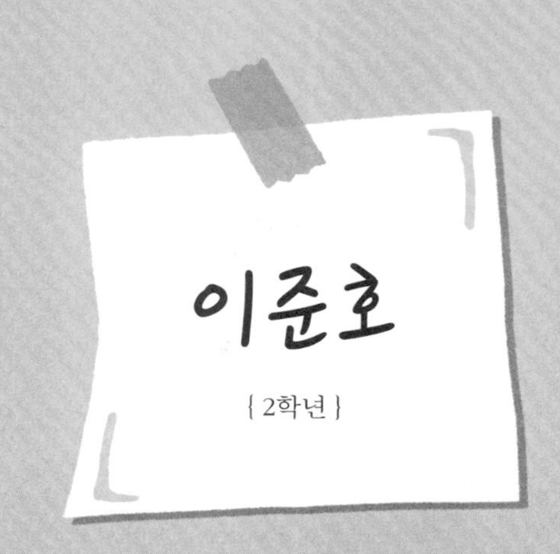

구름 / 돌

작은 교실

하늘은 가장 친한 친구

구름

하늘 위에 떠다니는 솜사탕 같아
솜사탕 말고 더 다양한 모양이 있지
그중에 나는 사람 모양을 좋아해
너는 어떤 모양을 좋아하니?
항상 내 곁에 있어 주는 친구지
너에게는 구름 같은 친구가 있니?
어쩌면 구름이 내 마지막 친구가 될 수도 있을 거야
평생 살면서 진정한 친구 그렇게 많을까?
어쩌면 없을 수도 있어.
그래서 구름이 나의 평생 친구일 거야.

돌

나는 돌과 비슷하다.
학교 갈 때 데굴데굴

수업을 받을 때 아무 생각 없이 가만히 있는다.
그리고 학교를 끝내 집으로 갈 때 데굴데굴
집에 도착하면 쿵 하고 떨어진다.

비가 올 때처럼 주룩주룩 내 몸을 적신다.
햇빛이 쨍쨍한 날처럼 몸을 말린다.
또 다시 아무 생각 없이 가만히 있는다.

그리고 다시 데굴데굴
밥을 먹으러 이동하고 다시 데굴데굴
잠을 자러 이동한다.

작은 교실

큰 건물
자그마한 교실

동물 무리처럼
모여있는 우리

이 자그마한 교실에도
슬픔, 화남, 신남
돌아다니는 많은 감정

하늘은 가장 친한 친구

하늘은
가장 친한 친구

내가
화날 때,
슬플 때,
신날 때

자신의 넓이만큼이나
이야기를 들어주는 친구

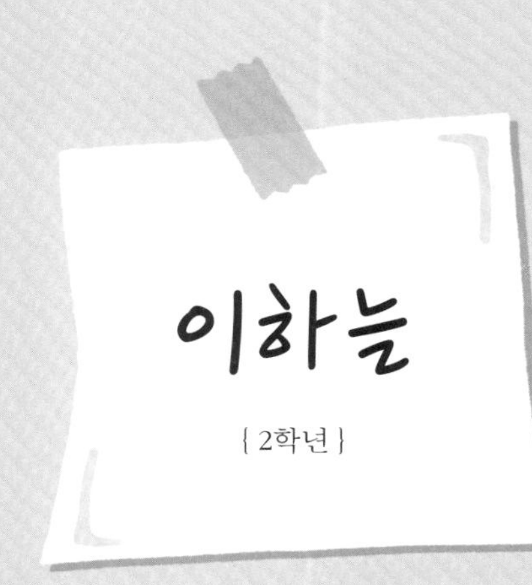

고양이 딸이 / 머리끈

빵 / 자동차

오빠 / 코코

고양이 달이

유리구슬처럼 투명한
눈망울

실크처럼 부드러운
털

마시멜로처럼 말랑말랑한
발바닥

이런 네가
정말 좋아.

머리끈

손목을 보면
항상 있는 너

쭉쭉
잘 늘어나고

빨간색, 노란색, 초록색
무지개처럼 여러 색

닌자처럼 조용히 사라져
찾으려 해도 안 보이고

집에는 한 웅큼 있지.

밥 먹을 때나
양치질할 때나
머리카락이 흐르지 않게
잡아줘서 고마워.

빵

폭신폭신한
식빵

촉촉한
케이크

달달한
소보로

고소한
마늘빵

부드러운
브라우니

오븐 속에서
나온 수많은 빵

침이 꿀꺽 넘어가고

아……
빵 먹고 싶다.

자동차

부릉부릉 소리를 내며
출발하는 내 친구

학교 가고 싶을 땐
학교로

친구들과 놀러 가고 싶을 땐
노래방으로

바다가 보고 싶을 땐
바닷가로

나를 어디든 데려다주는
내 친구

다음에는 어디를 갈까?

오빠

파란 하늘을 보면 생각이 나

어릴 땐
나를 보기만 하면
시비를 걸고

태권도를 배웠다며
맨날 발차기
맞은 곳이 욱신욱신

그래서 난 싫었어.

하지만
어른이 되어서는

생일도 모를 줄 알았는데
선물을 사 오고

가끔은 내 걱정도 해주고

필요한 게 있으면
잔소리하면서도
사다 주는 걸 보니

어릴 때보다 지금이 훨씬 좋다.

코코

예전에는
내 손에 들어올 만큼 작아서
내 손이 더 커 보였는데
지금은
두 손으로 들어도
내 손이 너무 작아 보이네

예전에는
사료만 먹었는데
지금은
말랑말랑한 고구마를 더 잘 먹네

예전에는
조그만 해서 귀여웠는데
지금은
돼지처럼 뚱뚱해져 버렸네

얼른 우리 집으로 와
맛있는 고구마 줄게.

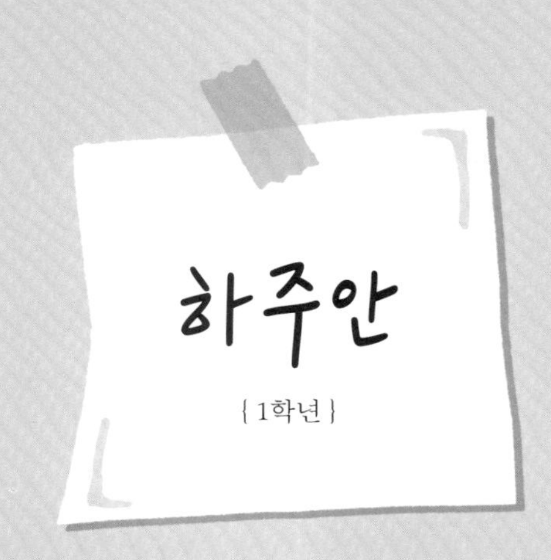

하주안

{ 1학년 }

모든 것을 비추는 존재

바람은 껍딱지

우리 아빠는 슈퍼맨

모든 것을 비추는 존재

친구는 하늘에도 있다.
친구처럼 나를 부드럽게
안아주는 해

부모님도 하늘에 있다.
나를 따뜻하게
비추는 해

때로는 구름에 가려지지만
해는 아름답다.
마치 꽃처럼

해는 땅 위에도 있다.
누구보다 잘 웃는
나처럼

바람은 껌딱지

바람은 껌딱지다.
나를 졸졸 따라다니면서
방해한다.

장난 많은 친구처럼
내가 들고 가던 물건을
툭 치고 가거나

예쁘게 정리한 머리도
다 흐트려버린다.

하지만 바람은
고마운 존재다.

찾지 못한 물건을 가져다 주거나
내가 더울 때 선풍기 역할을
대신 해주기 때문이다.

우리 아빠는 슈퍼맨

세상에서 가장 멋진 사람은 누구일까

모닥불처럼 따뜻하게
안아주고
힘든 고통도 견뎌내고
때로는 잔소리도 하지만

노력의 땀방울은 무엇과도
바꿀 수 없다.

세상에서 가장 멋진 슈퍼맨
우리 아빠다.

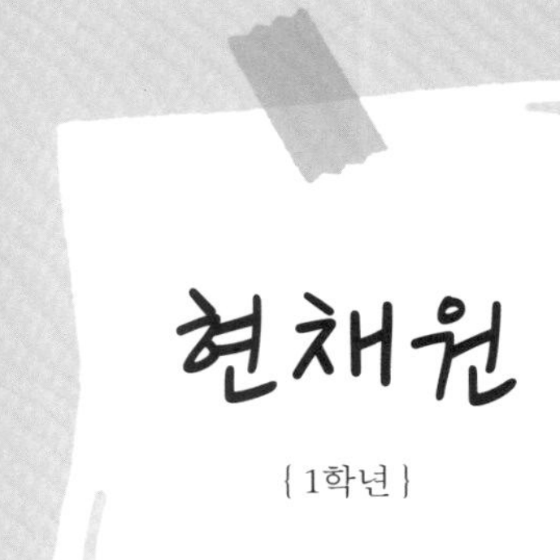

구름

물

바람

구름

구름
몽실몽실한 구름
솜사탕처럼 몽실몽실한 구름

너를 볼 수 있는데
만지지 못 하다니.

구름
둥실둥실한 구름
통통배처럼 둥실둥실한 구름

너를 만지지를 못하는데
볼 수는 있구나.

물

지구의 70%를
차지하는 물

하지만
물이 부족한 지구

아끼고 아껴도
부족한 물

콩알같이 썼다고 생각했는데
너무나도 많이 썼네.

물이 말한다.
조금만 더 아껴 써 달라고

바람

고산은
바람의 고장

안식처같이
편한 바람

바람 때문에
머리가 흩날리네

바람이 말하네
수월봉에서 같이 놀자고

바람이 즐거워하네.

박민수
양도규
양희수
함예준

{ 1학년 }

높고 험한 산 (박민수)

별 (양도규)

시 (양희수)

장마철 (함예준)

높고 험한 산

박민수

높고 험한 산을 오른다는 것은
기말고사에서 1등 하는 것과 같다.

산은 왜 높은 것인가.
노력하지 않으면
높은 경지에 올라가지 못한다는
말을 하시는 건가.

산은 왜 험한 것인가.
절대 고통 없이는
이룰 수 없다는 걸
산은 말해주는 걸까.

공부는 높고 험한 산이다.

별

양도규

반짝반짝 빛나는 별
하늘에 아름답게 비추네.

동쪽, 서쪽, 남쪽, 북쪽
어느 쪽으로 보아도
반짝반짝 빛나네.

활짝활짝 웃는 별
웃는 거처럼 빛나는 별

시

양희수

너는 도대체 무엇일까?

노래 같다.
듣고 있으면 빠져드는
마성의 노래

또한
시는 이야기 같기도 하다.

장마철

함예준

창밖에 비가 내린다. 장마가 시작된 것 같다.
빗소리 때문에 수업에 집중이 되지 않는다.
언제쯤 장마가 끝날까?
우산도 없는데 집에는 어떻게 가야 할까?

아까부터 소나기는 오락가락
비가 수업 들으려고 오는가?
나도 수업이나 들어야겠다.

주말에 놀아야 5일을 버티는데 태풍 때문에 못 논다.
태풍은 우리한테 와서 좋은 것도 없는데 왜 오는 걸까?
이제는 좀 비가 그쳤으면 좋겠다.

드디어 비가 그치고 하늘에 무지개가 떴다.
이제야 장마가 끝난 것 같다. 비가 안 올 것 같아서 좋다,
무지개가 보석같이 예뻤다.

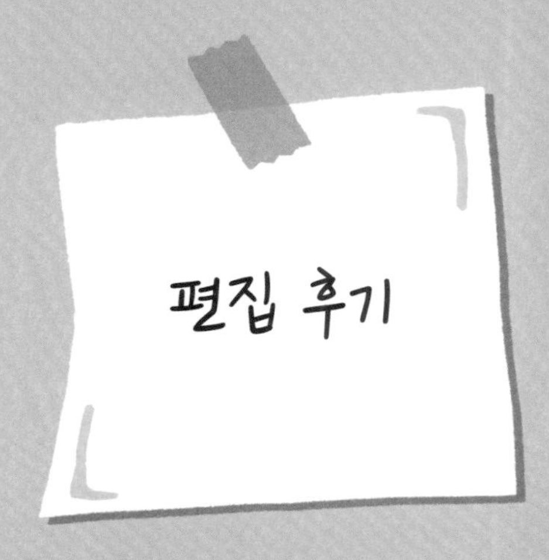
편집 후기

고산중학교는 전교생 33명의 소규모 학교
소규모 학교만 9년째
한 놈 한 놈 그 눈을 들여다본다.
그 속에 순수함, 다정함, 즐거움, 호기심, 따스함……
뭐 이런 갖다 붙일 만한 아름다운 모든 것들이 들어 있다.
이리저리 살아가는 일상에서 오는
소소한 행복에 오늘도 나는 숨을 쉰다.
아이들은 그렇게 살면서 시를 썼다.
동아리 '나도 시인' 네 명은 자주 제재를 주어 쓰도록 하고,
다른 애들은 수행평가로 쓰게 했다.
그렇게 나온 시들이다.
아이들 시를 보면 눈 속에 있던 모든 것들이 드러난다.
편집할 때 다른 선생님들에게 몇 편 읽어준다.
교무실은 웃음바다가 된다.
해마다 하는 이 작업이 즐겁다.
그렇게 우리 아이들과 함께
『그 어떤 길을 가더라도』를 펴냈다.
행복하다.

나도 시 한 편 써 볼까.

ᄇᆞ름 불엄져

사름덜은
그추룩 살아감실 거라

누게라도
지꺼진 일도 ᄒᆞ나
가심 답답ᄒᆞᆫ 일도 ᄒᆞ나
지우라진 일도 ᄒᆞ나
가심 소곱에 담앙

경덜 살아감주만
ᄒᆞ나 신 거 보내뒁
어떵 ᄒᆞ민 좋으코
어떵 ᄒᆞ여사 ᄒᆞᆯ 건고

이레 붸려 보곡
저레 붸려 보곡
울어도 보곡

ᄒᆞᆫ숨도 쉬여봐도
가심은 먹먹ᄒᆞ곡

경ᄒᆞ여도
살당 보민 살아진다.
살당 보민 살아진다.
그 말 들엉
어떵 ᄌᆞᆫ뎌보카
게메 ᄌᆞᆫ뎌지카
아니 ᄌᆞᆫ뎌사ᄒᆞ주
ᄄᆞ난 식귀덜토 신디

사름덜은
경덜 살아감실 거라
영ᄒᆞ여도 정ᄒᆞ여도
어떵 어떵 ᄌᆞᆫ디멍
경 살아감실 거라

ᄇᆞ름 불엄져
가심 지넘엉
벨ᄁᆞ지

그 어떤 길을 가더라도

2020년 12월 30일 초판 1쇄 발행

지은이 백예담 위윤서 이은희 정진솔(나도 시인)
강은솔 강지원 강하은 강휘민 고다현 고수진
고태규 김 건 김미혜 김민경 김민우 김지윤
김지혜 김현승 김혜림 박민수 박유빈 서주연
신아연 양도규 양지선 양희수 이동주 이송미
이준호 이하늘 하주안 함예준 현채원

편집 장 훈

펴낸곳 한그루
출판등록 제6510000251002008000003호
제주특별자치도 제주시 복지로1길 21
전화 064-723-7580 전송 064-753-7580
전자우편 onetreebook@daum.net 누리방 onetreebook.com

ISBN 979-11-90482-47-9 03810

값 13,000원